星之彩：
洛夫克拉夫特天外短篇集

H. P. 洛夫克拉夫特 著

唐澄暐 譯

The Colour Out of Space:
Selected Short Stories of H.P. Lovecraft

編輯室報告

在當代閱讀洛夫克拉夫特

——馬立軒（逗點文創結社特約編輯）

出生在「世紀交替」之際的H．P．洛夫克拉夫特，是名家道中落、懷才不遇的創作者。在世時，他發表的多數作品都未受到重視，也僅僅刊登在當時流行於美國的低俗「紙漿雜誌1」（Pulp Magazine）上，直到洛夫克拉夫特死後——或者也可以說，當時代追上他、接受他的創作後，這些詭異、恐怖、令人不安的故事才逐漸被喜歡科幻、奇幻、恐怖作品的讀者追捧。

洛夫克拉夫特的創作，被歸類在「怪奇文學」（Weird fiction）之下；這樣的作品不像奇幻文學建構在一個虛構的架空世界中，也不像科幻文學那樣，使用嚴謹的科學論述去描繪外星生物。在洛夫克拉夫特的作品中，人類是過於渺小的存在，無能理解更高智慧、更高維度的生命型態；所以他的故事裡，人類通常只是誤闖禁地的受害者，而那些「兇手」不論成因、動機或手法，都幾乎難以讓故事中的角色、甚至閱讀中的讀者理解（畢竟讀者也是人類）。這種因未知所引起的恐懼，正是怪奇文學常見的故事模式，也是洛夫克拉夫特那「無以名狀」的敘事招牌。

1 紙漿雜誌是一種流行於十九世紀末至一九五〇年代美國的廉價小說雜誌類型，名稱中的「紙漿」（pulp）源於印刷此類雜誌的廉價木漿。

在怪奇文學的發展史上，洛夫克拉夫特有著承先啟後的重要地位。他繼承了愛倫・坡（Edgar Allan Poe, 1809-1849）的歌德式懸疑驚悚、羅伯特・錢伯斯（Robert W. Chambers, 1865-1933）的超自然恐怖，以及「鄧薩尼勛爵」（Lord Dunsany）普倫基特（Edward J. M. D. Plunkett, 1878-1957）的夢境幻覺、奪取不屬於自己的知識財富後的惡果。

而在洛夫克拉夫特之後，其所影響的創作更是不可計數。從艾倫・摩爾（Alan Moore）的漫畫《守護者》（Watchmen）中最後出現的烏賊樣貌外星人、尼爾・蓋曼（Neil Gaiman）的系列漫畫《睡魔》（The Sandman），到電影《異型》（Alien）、《屍變》（The Evil Dead）、《突變第三型》（The Thing）、《羊男的迷宮》（El laberinto del fauno）、《滅絕》（Annihilation）與《燈塔》（The Lighthouse）……甚至連當代恐怖大師史蒂芬．金（Stephen King）與伊藤潤二，都曾公開承認自己的作品深受洛夫克拉夫特啟發。

即便洛夫克拉夫特對創作的影響如此之大，我們或許依然不免疑惑——到了今天，閱讀這些近百年之前的故事，有什麼意義？洛夫克拉夫特在一九二七年發表了名為〈文學中的超自然恐怖〉（Supernatural Horror in Literature）的論文；其中的這句話成為他最著名的引文：

人類最古老且強烈的情緒，便是恐懼；而最古老、最強烈的恐懼，便是對未知的恐懼。

即便到了科技如此發達的今天，人類對知識的理解終究有限；在讚嘆文明世界如黑暗中的明珠般燦爛耀眼之際，我們依舊無法抵禦如地震、颱風這樣的天災，遑論宇宙之大，近趨無限？洛夫克拉夫特的故事表現出人類的有限及宇宙的無限，在如今這個社會動盪、疫病不斷的時代重新閱讀、認識洛夫克拉夫特，正是時候。

7　編輯室報告

目次

說實話，「無以名狀」需要親身體驗，不是拿來說嘴的

——龍貓大王（作家、評論家、「龍貓大王通信」粉專管理員）

文學經典那麼多，但如果要從大家耳熟能詳的經典作品中，選出街頭巷尾都在談、但其實自己從來沒看過的作品，那麼最有資格入選的，也許只有洛夫克拉夫特的著作了。放眼望去，「克蘇魯」的大名早已蔓延到純文學領域之外，電玩裡把遠古邪神變成可愛美少女；漫畫改編的動畫裡，有名叫「印斯茅斯」的怪物；而不管是A級到Z級的恐怖電影，只要沾上一點觸手元素，電影宣傳素材裡馬上就能多一塊「克蘇魯元素」招牌。大家都愛洛夫克拉夫特、萬事

都可扯上克蘇魯，因此，讓這個詭異的狀況也更加詭異：其實真的沒有太多人，親眼看過洛夫克拉夫特親手寫就的小說。

不能怪讀者，畢竟二〇年代的編輯們也並不看重他的作品。在洛夫克拉夫特生命的最後幾年，他的健康狀況與經濟狀況都呈現直線下滑趨勢，但他的作品數量與品質卻快速上升，許多後世讚譽的洛氏作品，都在他生命的最後十年產出，但這些作品在當時並不是那麼受到重視——這是他貧困而終的原因。這些洛氏作品裡，充滿了長篇幅的詭異敘述、還有超乎想像的遭遇與景象。而這些作品氛圍，都與所謂的美國「咆哮二〇年代」那種繁華喧鬧又冷靜諷刺的兩極風氣大相逕庭，那時的人們，好奇的是一戰後上流貴族們的奢華新生活、或是現代新科技為社會帶來的變遷、與隨之而來的各種不適應。

但洛夫克拉夫特的作品，雖然看來都有個正常社會的開頭，但最後都會來個異次元的不可思議結束。彷彿他沒有時間關注地表上的新鮮事，只是一頭直直地仰望著天外星辰的幽暗。

如今，一百年過去了，我們又要迎接一個全新的二〇年代，再也沒有席捲全球的明槍明火戰爭，但是這年頭的咆哮氛圍，倒讓一九二〇年代的「咆哮」比起來像是喃喃自語：電視二十四小時持續轟炸著新聞；網路上的一則負評，可能毀了幾十年的辛苦經營基業；我們必須在下一秒就按下「讚」，才能證明彼此間的友情；而只要一天不打開手機，Line上的留言數可能就超過兩位數；貧富差距已經不能用M字來形容；而隨時隨地流過我們身邊的巨大資訊潮之中，有許多是憑空捏造的假訊息，而那偏偏控制了我們決定未來的選票。

某種程度上，現在好像也不是閱讀洛氏作品的最好時機：如今的地球比起二〇年代已經更亂了，誰有空關心舊神什麼時候或是以什麼姿態復活呢？

事實並非如此，這些洛氏的天外囈語，其實抓準了咆哮二〇年代的狂暴本質，也同樣預言命中了更為無理可循的二〇二〇年代，而這些狂暴本質，是你在所謂的「克蘇魯風格電玩／小說／電影」裡看不到的，你必須親自體驗——正如同你必須親自閱讀《星之彩：洛夫克拉夫特天外短篇集》這本小說集，它體現了百分百洛夫克拉夫特的魅力，沒有轉譯、沒有變造、沒有那些什麼「風」的渲染，而你能讀到洛夫克拉夫特的全然瘋狂。那些洛夫克拉夫特寫得又臭又長的形容詞，彷彿他親身真的進入了那個無人造訪的異世界，而被迫在有限的形容詞句裡，描繪那景象的不可思議——你完全能在他的筆下，體會什麼是「言語有時而窮」。如果洛夫克拉夫特是一位電影導演、或是一位畫家，他也許更能以藝術的形式去傳達他腦中的奇想。但是，透過文字這種有侷限性的表現方式，卻留給讀者更大的想像空間——留待你自己嚇死自己。

洛夫克拉夫特可不是你在網路上看到的半吊子奇幻「作家」，在他奇想天外的狂想裡，他筆下的主角事實上是很有理智的、甚至是實事求是、或根本就是科技專業人員。他們的行為與背後邏輯都是合乎常理的，沒有那些二流奇幻小說的一廂情願通病。舉個例子，書中的〈月之沼〉一文中，他是這樣描寫主角的行動的：

這種情況下，我立即做出非常之舉——只有在故事裡的角色才會作出戲劇化且未卜先知的行動。我沒有朝外望向沼澤再過去的新光源，而是在恐慌中讓雙眼避開窗戶，並抱著逃走的恍惚念頭笨拙地穿上衣服。我還記得我拿了左輪手槍跟帽子……

我們常嫌棄許多恐怖電影的主角，總是沒事找事做、或是明知山有虎、偏向兇手行。但在上頭短短的描述裡，你能看到克拉夫特甚至反過來嘲諷一般的「故事」，說他們總是一廂情願地「作出戲劇化且未卜先知的行動」。在這裡，發現窗外異象的男主角，在恍惚中還記得帶著保命的左輪，並且小心翼翼地先觀察外頭的狀況後，才出門一探究竟。諷刺的是，這樣的寫實主角總是會碰上邏輯異於常理的怪現象：幽靈們引誘著人們成為變形怪物；無形無影的異次元生物隨時準備殺掉發現牠們的人。

你可以說，如果二〇年代就是這麼瘋狂，洛氏作品何嘗不是另一種層面的寫實？他把世間各種怪現象化為「無可名狀」的瘋狂異次元事物，而一個反潮流的理性人物（同時也許是他自身的寫照），被迫見證這迴避不了的瘋狂現實，他要不逃避、要不遭受衝擊、但最後，他們都以瘋狂見證者的身分倖存了下來，語無倫次地想要傳達那些隨異象而來的驚懼。

在這年頭——事實上是任一個年頭——選擇出版洛氏作品，實在也是一件瘋狂的舉動。但是《星之彩：洛夫克拉夫特天外短篇集》確確實實是一本正合時宜的小說集，你能看到那些連電影都未必拍得出來的奇詭設定、因慾望而愚昧或偏執的角色、殘忍又華麗的恐怖畫面，更重要的是，這一切都如此符合人類社會的瘋狂脈絡。我們也許有一天真的不需要洛夫克拉夫特，因為這個世界已經比舊神降臨的末日還要恐怖，而糟糕的是，這一天似乎也不會太遠了。

在那之前，我們還是得先讀讀《星之彩：洛夫克拉夫特天外短篇集》，作為徒勞的未雨綢繆才行。

星之彩：
洛夫克拉夫特天外短篇集

The Colour Out of Space:

Selected Short Stories of H.P. Lovecraft

月之沼

丹尼斯．貝瑞已去到某個我不知的遙遠恐怖領域。他在人世間的最後一晚就跟我在一塊，那東西找上他時我還在聽他放聲尖叫；但不管米斯郡的農人和警察花了多少時間大片搜索，也永遠找不到他或是其他失蹤者。現在，我只要一聽到青蛙在沼澤裡尖鳴，或在獨處時看見月亮，都會戰慄不已。

我在美國與丹尼斯．貝瑞熟識起來，他在那賺了大錢，而當他在寂靜的基爾德利買回那座沼澤旁的古堡時，我也向他道賀。他的父親就是從基爾德利來的，而他也希望能在那一帶的祖傳景物中享受自己的財富。他的家族一度統治基爾德利，還蓋了城堡住在裡頭，但那些日子已十分遙遠，所以幾個世代下來這座城堡已經空蕩蛀蝕。貝瑞去愛爾蘭之後常寫信給我，並告訴我那灰色城堡是怎麼在他照顧下，一座塔一座塔地回升至古代榮景；那些長春藤是如何像幾個世紀前那樣慢慢重新爬過修復的圍牆，還有那些農人是如何因他從海外帶回黃金重現過往美好，而紛紛向他祝福。但到最後出了問題，農人們不再祝福他，反而像逃離末日一樣地逃走。接著他寫了一封信請我去見他，因為他孤單一人在城堡裡，除了從北方帶來的新一批僕人和工人外，沒人可以說話。

一如貝瑞在我來到城堡那晚所言，沼澤是這一切麻煩的起因。我抵達基爾德利時正是夏季日落時分，金黃色的天空照亮了山丘樹叢的綠和沼澤的藍，而在一座遠方小島上，一座奇怪的古代廢墟鬼魅地閃著光。日落十分美麗，但巴利拉克的農人卻警告我要小心它，還說基爾德利已經被詛咒了，所以當我看著城堡的高聳塔樓因火光有如鍍金時，我幾乎有點忍不住發抖。貝瑞的車在巴利拉克車站接我，因為基爾德利不在鐵路沿線上。村民紛紛迴避那台車和來自北方的司機，但當他們看出我要前往基爾德利，便臉色蒼白地向我低語；當晚，與貝瑞重聚後，他告訴我原因。

農人會離開基爾德利，是因為丹尼斯．貝瑞想要排乾那一大片沼澤。儘管他深愛著愛爾蘭，但美國並非對他毫無影響，使他厭惡起這片儘管美麗、但可以去除泥炭進而利用土地的閒置空間。基爾德利的傳說和迷信都沒能動搖他，而當他眼見農人們先是拒絕幫忙、接著開始詛咒他，最後看出他的決心而帶著匱乏的家當搬去巴利拉克時，更是不禁失笑。他從北方找來工人替代他們，而當僕人們離去後也同樣找人取代。但在陌生人之間難免孤單，於是貝瑞請我前來。

當我聽說人們基於恐懼而逃離基爾德利後，我也笑得和我那位朋友一樣大聲，因為這些恐懼有著最模糊、最狂野和最荒謬可笑的特質。那之中有關於沼澤的荒誕傳說，還有一個什麼無情的守護靈，就住在我那天日落所見遠方小島上的怪異古廢墟裡。傳說月亮陰影裡有著舞動的光芒，溫暖的夜裡會吹起寒風；白衣鬼魂徘徊水上，沼澤表面下的深處還有想像中的石城。但所有古怪幻想中最重要、唯一獲得一致同意的，就是誰敢對那一大片紅色沼地出手或想排乾它，就得等著詛咒上門。農人們說，那裡有著不該揭開的祕密；打從瘟疫在那史前美好時代襲擊了帕塔蘭[2]子孫時，就埋藏起來的祕

2 帕塔蘭（Partholan）是中世紀愛爾蘭基督教傳說中的人物，第二批定居在愛爾蘭的人民領袖。

密。《入侵者之書[3]》曾提及，這些希臘人的孩子全葬在塔拉特，但基爾德利的老人們說，有一個城鎮被守護的月神忽略了；所以當尼米得[4]的人們駕著三十艘船從西徐亞席捲而來時，只有樹木茂密的山丘埋葬了這座城。

迫使村民離開基爾德利的就是這種無聊傳說，我聽了，對於丹尼斯・貝瑞會不想聽這些東西也就不感意外。不過，他對於中世紀以前的古代非常感興趣；他還提議說，等沼澤抽乾再來全面探索一番。他常造訪小島上的白色廢墟，但儘管能確定廢墟年代久遠，知道其外觀結構不怎麼像愛爾蘭大部分的廢墟，它們也已經坍塌到顯露不出輝煌歲月了。排水工作已準備要開始，來自北方的工人很快就要將這禁忌沼澤的綠色苔蘚和紅色石南都剝下，並將那些滿是貝類的小溪和那邊緣長著燈心草的藍色池塘全都抹滅掉。

貝瑞對我講完這些事情，我開始昏昏欲睡，畢竟白天的旅程已經很累，我的東道主又講到這麼晚。一名男僕領我去房間，那房間在一座偏遠的塔上，可以俯瞰村莊、沼澤邊緣的平原，以及沼澤本身；所以我可以憑著月光，從這扇窗看見村民遷出後由北方工人入住的那些房屋屋頂，也可以看到有著古風尖頂的教區教堂，而那陰森沼澤再過去的另一頭，小島上遙遠的古廢墟正發著白色鬼魅的微光。入睡時，我還想像自己聽見遠方傳來的模糊聲音；那聲音狂野而略帶音樂感，在我心中激起一股異樣興奮，並為夢境加上色彩。

3 《入侵者之書》（Book of Invaders）是以愛爾蘭語撰寫的詩歌和散文敘事集，內容包含世界的創生到中世紀的愛爾蘭歷史。

4 根據《入侵者之書》，尼米得（Nemed）是傳說中帶領第三批愛爾蘭移民的領袖。

但第二天早上醒來時，我覺得那一切都只是夢，因為我看到的幻象遠比任何夜間的野笛聲都來得美好。我的心被貝瑞向我訴說的傳奇所影響，於睡夢裡盤旋在一座位於綠色山谷的宏偉城市上空，城市裡大理石造的街道和雕像、別墅和神殿、雕刻和碑文，全都說著某種具有希臘神采的語調。當我將這夢境告訴貝瑞時我們都笑了；但我笑得比較大聲，因為他正對北方那些工人感到不知所措。他們已經是第六次睡過頭，而且醒得又慢又昏沉，行動起來就好像不曾休息過，儘管我們知道他們前一晚早早就上床了。

那天早上和下午，我一個人漫步在那座被太陽鍍上一層金色的村莊，不時和那些工人交談，因為貝瑞正忙著實行排水工作開始前的最終計劃。工人們不似往常開心，多數人都為了某個做過卻又記不住的夢而心神不寧。我跟他們說了我的夢，但他們沒什麼興趣，直到我提到彷彿聽見了怪異聲音。他們神情古怪地看著我，說他們似乎也記得有怪聲。

晚上貝瑞和我共進晚餐，並宣布將在兩天內開始排水工作。我很高興，儘管我不樂見苔蘚石南和那些小溪小湖消失，但我越來越希望能揭曉藏在成塊泥炭底的古老祕密。那天晚上，有著尖銳笛聲和大理石列柱廊的夢境突然令人不安地中止了；我在那谷中城市的上方看見瘟疫降臨，接著是長滿樹的斜坡駭人地崩塌而蓋住街上的死屍，只剩下高山上的阿提米絲[5]神殿未遭掩埋，年邁的月女祭司

5　阿提米絲（Artemis），希臘神話中的狩獵與生育女神。

克勒伊絲銀製的頭上戴著象牙冠，在那兒冰冷沉默著。

我說過我突然驚慌醒來。我一時分不清自己是醒著還是睡著，因為那笛聲仍在我耳中尖聲作響；但當我看見地板上那冰涼的月光和哥德式格子窗的輪廓，便認定我人醒著並待在基爾德利的城堡裡。接著我聽到下面某個遙遠樓層敲響兩點的鐘聲，我便更確定自己是醒著的。沒有抑揚頓挫的笛聲從遠方傳來；那狂野、怪異的曲調讓我想到遙遠邁那魯斯山[6]上半羊牧神的舞蹈。那聲音令人難以成眠，我滿心不耐地彈起身，在地板上來回踱步。出於偶然，我朝北邊那扇窗走去，朝外望向那寂靜的村莊和沼澤邊上的平原。我不想去看外頭，因為我想睡覺；但那笛聲讓我煩擾不已，逼得我得做點什麼或至少看到點什麼才行。我怎會料想到接下來將看到那些東西呢？

月光下蔓延於廣闊平原上的，是任何凡人看過都永難忘記的奇觀。響遍沼澤的蘆笛聲下，一群混雜的搖擺人影伴隨節奏無聲地詭異滑動，像古時候西西里人在滿月下的坤安湖畔對狄蜜特[7]跳舞那樣狂歡捲繞著。那廣闊的平原、那金色的月光、那幽暗模糊中移動的身形，尤其那尖而單調的笛鳴聲，產生了一種幾乎將我麻痺的效果；但我在恐懼中注意到，這群如機械般孜孜不倦的舞者有一半是我以為已經睡了的工人，另一半則是身穿白衣的奇怪虛幻物體，特徵不甚明確，但有可能是蒼白愁悶的水泉女妖，來自沼澤那些鬼影幢幢的泉水中。我不知從這孤塔窗戶向外盯了那景象多久，才突然陷入

6 邁那魯斯山（Maenalus）位於希臘阿卡迪亞州，伯羅奔尼撒的梅納隆高地最高山。

7 狄蜜特（Demeter），希臘神話中奧林匹斯十二主神之一，是掌管農業、穀物和母愛的女神。

無夢的昏迷，直到早晨高掛的太陽將我喚起。

我醒來的第一個念頭，是將所有的恐懼和觀察都告訴丹尼斯．貝瑞，但當我看到穿過東邊格子窗照入的日光，便確定我昨晚所見全非真實。我被奇怪的幻覺所控制，但可沒有脆弱到非得去相信；所以這時候，我便姑且去問問昨夜很晚睡的那些工人們，但他們只記得霧氣瀰漫的夢裡有過尖銳聲響。鬼魅尖鳴這事令我煩擾不已，使我想著會不會是秋天的蟋蟀提早來到，在夜裡妨礙安寧，害人身陷幻象之中。那天稍晚，我看著貝瑞在書房裡仔細鑽研他明天就要開始的大工程計畫，初次些許感受到之前驅走農人們的那股恐懼。出於不明的理由，我開始怕起「打擾那片古代沼澤和它無法被陽光揭開的祕密」這種念頭，並想像著有恐怖的景象藏在那深不可測的古老泥炭底。意圖讓這些祕密見光恐非明智想法，而我開始希望有藉口能離開這城堡和村莊。我居然若無其事地去跟貝瑞談起這事，但隨著他發出響亮的笑聲，我也不敢再談下去。所以當太陽在遠方山邊燦爛落下，而基爾德利亮起一片看似凶兆的紅金色火焰時，我只是保持沉默。

那晚的事情是真實還是幻象，我恐怕永遠都無法弄清了。它們確實超出我們在自然界和宇宙間能夢到的一切；而我也無法用任何普通說法來解釋事後人人皆知的失蹤事件。我早早告退且充滿懼怕，且有很長一段時間無法在塔中那怪異可怕的寂靜裡入睡。儘管夜空如洗，但此時月相正是新月，不到下半夜不會升起，因而陰暗無比。我躺在那想著丹尼斯．貝瑞，想著那天到來時沼澤會發生什麼事，發覺自己因為一股想要衝入夜中、坐上貝瑞的車、死命開往巴利拉克好離開這威脅重重之地的衝動，而瀕臨瘋狂。但在恐懼具體化為行動前我就睡著了，並在夢中盯著那谷中城市於裹屍布般的醜陋陰影下冰冷死寂。

可能是那尖銳的笛鳴驚醒了我，但當我張開眼時，那笛聲卻不是我首先注意到的東西。當時我背靠東邊窗戶，而那窗能俯瞰沼澤，也就是新月會升起的方向，因此我預期月光將逐漸照在眼前這面牆上；但我沒料到會有現在出現的這般景象。光確實在我面前壁板上亮著，但那完全不是月亮施予的光芒。湧過哥德式窗戶的這一道紅色光輝是如此恐怖刺眼，使得整個房間都因這不自然且強烈的光彩而熠熠生輝。這種情況下，我立即做出非常之舉——只有在故事裡的角色才會作出戲劇化且未卜先知的行動。我沒有朝外望向沼澤再過去的新光源，而是在恐慌中讓雙眼避開窗戶，並抱著逃走的恍惚念頭笨拙地穿上衣服。我還記得我拿了左輪手槍跟帽子，但在整件事結束前，這兩樣東西都還沒用上就先不見了。過了一陣子，對那紅光的著迷壓過了驚嚇，我便躡手躡足地往東邊窗戶走去並向外看，同時那令人發狂、持續不斷的尖銳哀鳴正響徹城堡和整座村莊。

整片沼澤上泛濫著鮮紅而兇險的火光，並一路從遠方小島上那奇怪的古廢墟傾洩而出。我無法形容那廢墟的樣貌——我應該是瘋了，因為它似乎毫髮未損地龐然挺立，華美而受群柱環繞，頂部映著火光的大理石像山頂神殿尖端那樣刺穿天空。此時眾笛尖鳴、鼓聲大作，當我帶著驚愕與恐懼觀看時，我覺得自己看見了陰暗的突變身形，在大理石和光輝的幻像前怪誕地顯露輪廓。其效果有如排山倒海——完全難以置信——如果不是我左邊的尖鳴聲越來越大，我應該會無止盡地望下去。我身陷在一種混合了狂喜的異常恐懼中，渾身顫抖，來到圓形房間另一頭的北邊窗戶，從那窗戶我可以看見村莊和沼澤邊緣的平原。就在那時，我彷彿壓根沒看過剛剛那超乎自然的一幕，雙眼再度因極其驚愕而張大，因為在那被紅光點亮的恐怖平原上，有一整列東西以一種除了在惡夢以外都不曾看過的方式移動著。

半滑行半飄浮地，那披著白衣的沼澤幻影正以一種應是某類古老莊嚴儀式舞蹈的奇妙隊形，慢慢退向止水和島上廢墟。它們受那無形笛子的可憎尖鳴聲引導而揮舞的半透明手臂，以怪異的節奏吸引一群工人像狗一樣踉蹌跟了過來，他們踏著盲目、愚笨、錯亂的步伐，就好像被一股笨拙但無法抵抗的惡魔意志所牽引。當那群水泉女妖直直接近沼澤的同時，另一列蹣跚而行的離群者有如喝醉般，從某扇離我窗下極遠的門曲曲折折地走出城堡，瞎摸著走過庭院，穿過中間的村莊，加入了平原上錯亂的工人行列。儘管下方的他們離我有段距離，但我立刻就知道他們是北方來的僕人，因為我認出了廚師那醜陋笨重的身形，他那可笑模樣如今變得十足悲慘。笛聲駭人地尖鳴，而我再度聽到擊鼓聲從島上廢墟的方向傳來。接著水泉女妖們安靜優雅地來到水邊，一個接一個溶入古老沼澤中；而那一列沒放慢速度的追隨者，便笨拙地隨她們消失在那片紅光下，已看不清的骯髒泡沫小漩渦中。當最後一個離群者，那個胖廚師沉甸甸地下陷並從那陰森的水池表面消失後，笛聲和鼓聲便漸漸沉默，廢墟那頭令人盲目的紅光也突如其然地熄滅，剩下毀滅的村莊在初升新月的蒼白光芒中死寂荒蕪。

當下我難以形容地混亂。我不知道自己瘋了還是沒瘋，是睡著還是醒著，卻只因為一種慈悲的無感而得救。我覺得我做了一堆可笑的事，好比說向阿提米絲、拉托娜[8]、狄蜜特、波瑟芬妮[9]和普魯通[10]祈禱。當眼下種種恐懼喚醒我最深處的迷信時，所有我記憶中的年少古典學養全都來到了唇邊。我覺得我目睹了整座村莊的死亡，並知道城堡裡只剩我，以及因膽大而招來滅亡的丹尼斯．貝瑞。當我想到他時，一股新的恐懼震撼了我，使我倒向地上；不是昏倒，而是肉體無能為力。接著我感覺到月亮升起的東邊窗戶傳來冰冷的疾風，並開始聽見城堡裡離我遙遠的下方某處傳來尖叫。很快地，那些尖叫聲達到了一種無法描寫的聲量和音質，讓我邊想邊昏了過去。我只能說，那些聲音來自某個曾是我朋友的東西。

在那段戰慄期間的某個時刻，想必是冷風和尖叫聲喚起了我，因為我接下來的印象就是抓狂地全速衝過髒兮兮的房間和迴廊，奪門穿過庭院進入那駭人的夜色。黎明時他們發現我在巴利拉克一帶失神晃蕩，但徹底讓我動搖的，並不是我先前看到或聽到的恐懼事

8 應為希臘神話中的女泰坦拉托（Leto），阿波羅與阿提米絲之母；拉托娜（Latona）是羅馬神話中的對應神。

9 波瑟芬妮（Persephone），希臘神話中的冥后。

10 普魯通（Plouton），希臘神話中冥王黑帝斯（Hades）的別名。

物。讓我在慢慢走出那片陰影時喃喃自語的，是兩件在我逃跑時發生的怪事；沒什麼特別，卻會在我獨自處於沼澤地帶或月光下時永無止息地糾纏我。

當我從沼澤邊那受詛咒的城堡逃出時，我聽到了一種新的聲音；很普通，但不像我之前在基爾德利聽過的任何聲音。那片近來相當缺乏生機的死水裡，現在滿滿的都是一大群黏答答的巨蛙，不停以一種不符其體形的怪異聲調尖聲鳴叫。牠們在月光下閃爍膨脹發綠，而且似乎向上死盯著光源。我順著一隻醜胖青蛙的視線望去，便看到了第二個讓我失去理智的東西。

我的眼睛似乎追隨著一道微微顫抖而在沼澤水面上毫無反射的光

線，直直從那遠方小島上的怪異古廢墟指向新月。沿著那道蒼白途徑向上，我狂熱的幻想便想像出一道緩慢扭曲的薄影；一道模糊扭曲的影子就好像被無形惡魔拉著似地掙扎著。儘管如此瘋狂，我還是在那嚇人的影子中看到了一個怪異醜陋卻又與什麼相似的東西——那是一幅令人作嘔、難以置信的嘲諷畫——一張畫著曾是丹尼斯．貝瑞之物的褻瀆肖像。

休普諾斯

11

致S・L・[12]：

「關於睡眠，我們那夜夜險惡的冒險，我們或許可說人每天都抱著一股大膽無畏上床，我們若不曉得那是因為人不知危險，就無法理解這勇氣。」

——波特萊爾[13]

如果慈悲諸神真的存在，願祂們守護那些即便靠意志力或者奸巧者發明的藥物都無法使我脫離睡眠深淵的時刻。死亡是慈悲的，因為沒人能從那歸來，但從最深之夜返回的人，卻只能因知情而憔悴，再也不得安息。我實在是傻了才會帶著這樣不應當的瘋狂，投入無人有意踏進的神祕；而**他**若不是傻子就是神——我唯一的朋友，帶領我而先我一步踏入的人，到頭來也逐漸變成我日後或將抱持的恐懼。

我還記得，我們是在火車站相遇的，當時他正被一群庸俗而好奇的人包圍。他意識不清，陷入某種驚厥，讓一身黑衣的他呈現古怪的僵直。我想他當時年紀應該接近四十，因為他臉上有著深刻線條，臉頰蒼白凹陷，不過蛋形的臉還算好看；而他曾經有如烏鴉般

11 休普諾斯（Hypnos），希臘神話中居於地獄的睡神。

12 山謬．洛夫曼（Samuel Loveman, 1887-1976），美國詩人、評論家和戲劇家；洛夫克拉夫特的好友。

13 夏爾．皮耶．波特萊爾（Charles Pierre Baudelaire, 1821-1867），法國詩人，象徵派詩歌先驅、現代派奠基者、散文詩鼻祖。

最深黑色的、厚而波浪的頭髮以及小絡腮鬍，現在卻夾雜著灰色。他的額頭像潘塔拉斯山[14]的大理石一樣白，而其高度和寬度都有如神祇。我帶著身為雕刻家的全部熱情對自己說，這人是來自古希臘半羊牧神的神像，從神殿的遺跡中挖出，並不知怎麼地在我們這令人窒息的時代重生，只為了感受這苦痛年代的冰冷與壓力。當他張開他無邊的、凹陷的、狂野發光的黑色雙眼時，我便知道從那一刻起，他會是我唯一的朋友——我這個從未有過朋友者的唯一朋友——因為我看出，那樣的雙眼必定曾徹底望向那超越普通意識與現實的宏偉和恐怖；就是那些我曾在幻想中抱持感情，尋找時卻只是徒勞的領域。所以我趕走群眾時跟他說，他一定得跟我回家，來當我在那無解神祕中的導師和領袖，而他一句話也沒說就同意了。那之後我發現他的聲音是音樂——低音古提琴和水晶天體球的音樂。我們常在晚上相談，而白天，我為他雕半身像，用象牙刻他的小型頭像，來留存他一個個不同的表情。

至於我們的研究則是無法言喻，因為那些研究與活人想像中，世界的任何事物都關係甚微。它們屬於更巨大駭人的宇宙，充滿了更深藏在物質、時間和空間下的模糊實體和意識，而我們只能在某幾種形式的睡眠中猜想它們的存在——那種常人從未作過，只在想像力豐富者的一生中出現一兩次的超常罕見之夢。我們清醒時，知識的體系從那樣一個宇宙誕生，就像一個小丑從管子裡吹出泡泡那樣；若我們想接觸那宇宙，也只能像泡泡那樣，或許哪時會被小丑一時

14 潘塔拉斯山（Pentelicus）位於希臘雅典東南方的山，海拔一千一百零九公尺，盛產大理石。

興起吸回去，而接觸到那輕蔑的源頭。學者們都沒怎麼去猜測，大半都略過不視。有智慧的人們曾詮釋過夢境，而諸神只嗤之以鼻。有一雙東方人眼睛的某人[15]說過，所有時間和空間都是相對的，但人們也嗤之以鼻。但即便那有著東方人雙眼的某人，也只猜測過而已。我曾希望不要只是猜測並嘗試行動，而我的朋友不僅試了，還成功了一半。接著我們倆一起嘗試，在古老的肯特郡那間陳年莊園大屋的塔樓工作室裡，靠著異國藥物獲得了恐怖而禁忌的夢境。

那之後的日子裡，在所有的極端痛苦中有個最強烈的折磨——就是無法開口。進行褻瀆探索的那段時間裡所學到的東西，我永遠講不出來——因為任何語言的符號或示意都不足以表述。我會這麼說是因為，我們的發現從頭到尾都只涉及感覺能力的性質；這感覺能力和普通人神經系統能夠接收的印象一點關聯也沒有。它們是感覺能力，但藏著難以置信的時空因素——基本上不具有確實存在的東西。人類的話語頂多能以「躍進的」或「飛升的」來表達我們所體驗的一般特質；因為在揭露真相的每個階段，我們心智的某個部分都會大膽地逃脫那一切真實當下，空想地衝過驚人的、未被照亮的、被恐懼纏繞的深淵，偶爾還會高速穿過某些明顯而典型的障礙，而那障礙只能形容為黏稠的、陌生的雲朵或水氣。在這些黑而無形體的飛行中，我們有時各自獨處，有時候又一起存在。當我們在一起時，我的朋友總是遠遠在前；儘管沒有形體，我還是能領會他的存在，靠的是一種圖像記憶，讓我看見他的臉孔因一道怪異光線而金光閃

15 從後文可知作者指涉之人是提出《相對論》的愛因斯坦。

閃，又因為那怪異的美、那年輕到異常的臉頰、那燃燒著的雙眼、那奧林匹亞諸神般的額頭，還有那變得陰暗的頭髮和增長的鬍鬚，而令人畏懼。

我們沒有留下時程進展的紀錄，因為時間成了我們最無足輕重的幻覺。我只知道一定有什麼相當奇異的東西涉及其中，因為我們經過一段不短的時間後開始驚訝於自己怎麼沒變老。我們的交談不僅邪惡，而且總是野心勃勃到了醜陋的地步——沒有哪個神魔會懷抱著我們悄聲策劃出來的那套探索和征服。講起那些事不禁令我顫抖，而且也不敢明講。但我會說，我那朋友有次曾在紙上寫了個他不敢用自己嘴巴說出的願望，而那願望令我燒了那張紙，並恐懼地看著窗外閃爍發光的夜空。我在此暗示——也只敢暗示——他有統治可見宇宙以及其外的相關計畫；藉著那些計畫，地球和恆星都會依他命令而運行，而所有活物的命運都由他決定。我敢斷言——我敢發誓——這些極端的渴望目標我都沒有分。我朋友如果說過或寫過和此相反的事，就一定是不正確的，因為我沒有強悍到只為了讓單一個人有機會獲得成功，就膽敢在難以啟齒的範圍裡發動難以啟齒的戰爭。

有天晚上，來自未知空間的風以無法抵擋之力將我們捲進所有思考和實體之外的諸多無際真空裡。我們心中湧現最無法穿透而令人發狂的感知；那是在當時令我們欣喜若狂的無盡感知，然而如今有一部分已從我記憶中喪失，還有一部分無法示人。我們接連快速地扒穿黏稠的障礙物，最後我覺得我們被帶往一個比我們先前所知更加遙遠的領域。當我們投入這片令人驚嘆的純潔乙太海洋時，我的朋友遠遠在我前頭，而我能在他那飄浮、發光、過於年輕的記憶臉孔上看見邪惡的狂喜。突然間那張臉變得模糊並迅速消失，沒隔多久，我發現自己被投射在一個無法穿透的障礙上。那就和其他障礙一樣，卻難以計算地更加濃密；硬要說的話，我會以一團黏又濕冷的物質來比擬這種非物質範圍的質感。

在我的感覺中，我被一道障礙所擋住，但我的朋友兼領頭者成功穿越了它。再度奮力一試後，我來到了藥力帶來的夢境尾聲，並對著塔中工作室張開了我的肉眼，而我那夢友蒼白僵硬的身形就躺在對面角落，月亮將金綠色光芒照在他大理石造的臉孔上，顯得怪異地枯槁，但又瘋狂地美麗。過了一小段時間後，角落裡那身形動了起來；只求悲憫的上天，別讓我的視聽裡再度出現另一件有如我面前發生的事。我沒法告訴你他是怎麼尖叫的，或者說是什麼樣不該造訪的地獄景色在那一對驚懼瘋狂的黑眼睛裡瞬間亮了起來。我只能說我昏了過去，一直到他自己醒來，像是冀望誰來趕走那些恐怖和荒蕪似地狂搖著我，我才醒了過來。

我們自願探索那巨大夢境洞窟的歷程就到此為止。我那位到過屏障之外，並因此敬畏、動搖且惴惴不安的朋友，警告我再也不可冒險跨進那些領域。他不敢告訴我他看見什麼，但他深思熟慮地說，我們得要盡可能少睡，就算得用藥物來保持清醒也在所不惜。而他沒說錯，我很快就從每當失去意識時便將我吞沒的難言恐懼中知道了這一點。每當我不可免地短暫睡去後，我看起來就老了些，而我朋友老得更是驚人地快。眼見皺紋兀自浮出、頭髮同時發白，實在令人驚駭不已。我們的生活模式現在已完全改變。在我所知範圍內，我這位朋友至今都是個隱居遁世者——他真正的名字和來歷從沒從他口中吐露——現在卻因畏懼孤獨而狂亂起來。入夜他就不願獨處，就算有幾個人陪著也無法讓他平靜。他只能從最普通喧鬧的那種尋歡作樂獲得唯一的解脫；所以很少有哪個年輕人尋歡的場子是我們不知道的。我們的外觀和年紀似乎在大部分情況下都會引來一番嘲笑，這令我敏感地發火，但我朋友卻只將那揶揄當作一種程度不如孤獨的邪惡。他特別害怕在星光閃亮時獨自出門，如果被迫碰上這種情況，他通常會偷偷一瞥天空，就好像被其中什麼毛骨悚然的東西追獵著似的。他不會一直瞥往空中同個地方——不同時候似乎都是不一樣的地方。春夜時會是東北方的低空，夏夜則幾乎是頭頂，秋夜是西北方，冬夜則是東方，但這麼做大半是凌晨時分。仲冬的夜晚似乎最不令他害怕。兩年後我才將這恐懼和特定的東西連起來；但那時我開始發現，他應該是在看著穹頂上某個特定的點，而該點不同時間的所在位置都對應著他瞥視的方向——大略是北冕座標定的位置。

現在我們在倫敦有一間工作室，兩人從不分開，但也從不討論我們嘗試探索如夢世界之謎的那段日子。我們因用藥而老化衰弱，生活放蕩，神經又過度緊張，而我朋友稀疏的頭髮和絡腮鬍已變得雪白。我們避免長睡的程度已經很驚人，如今面對那恐怖到成為威脅的陰影時，我們屈服的時間一次已很少超過一兩小時。接著來了個充滿霧雨的一月，當時錢已不多，藥物也很難買。我的雕像和象牙頭像都賣完了，而我也沒辦法購買新的材料，就算有也沒力氣去離。我們極度痛苦，而在某個晚上，我的朋友陷入了我無法叫醒的、呼吸沉重的睡眠。我現在都還記得那場面——荒蕪漆黑的小閣樓工作室，頂著被雨水敲打的屋檐；時鐘獨自的滴答聲響；我們放在鏡台上的兩隻手錶瘋狂地滴答響；屋子另一頭某些百葉窗咯吱咯吱地響；蒙在霧和空間裡的遠處城市噪音；還有最糟的，躺椅上我朋友那深沉、穩定且邪門的呼吸聲——一種有韻律感的呼吸，彷彿邊漫步在禁忌的、不可想像且極其遙遠的地帶，邊替自己的靈魂數著那恐懼與痛苦都非比尋常的時時刻刻。

我因不眠達到的緊張變得極其不適，而一大串狂亂瑣碎的印象與連結湧入了我幾乎失常的心智裡。我聽到有個鐘在某處響著——不是我們的鐘，因為那不是自鳴鐘——而我因病而來的幻想將這當成是空轉晃蕩的一個新起點。時鐘——時間——空間——無限——接著當我想到，即便此刻，在屋頂大霧、大雨和大氣之外，北冕座仍正在東北方升起，我的幻想便回歸原地。我朋友似乎正畏懼著的北冕座，以及星座中眾星閃爍構成的半圓弧，即便此時應該也是在浩瀚不可測的乙太深淵發著未被看見的光芒。突然，我狂熱敏感的耳朵似乎在藥物放大的輕柔聲音組曲中，察覺到一個全新且截然不同的成分——來自極遠處一陣低沉而急切到可恨的哀鳴；在**東北方**低聲嗡嗡著、大聲疾呼著、嘲弄著、呼喚著。

但奪走我的官能並攻擊我靈魂、讓我留下一輩子難除的恐懼烙印的，並不是那遠方的哀鳴；也不是它引發了尖叫和驚厥，導致房客和警察破門而入。不是因為我聽到的，而是因為我看見的；因為在那黑暗、上鎖、關上窗、拉上簾的房間的漆黑東北角落，出現了一道恐怖的紅金色光芒——這道光不帶著能驅散黑暗的明亮，反而只湧進了那位受苦睡眠者歪下的頭，並帶出極其醜陋的複製品，醜惡地複製了我朋友那發光而異常年輕的記憶之臉；就是我在空間已深不可測而時間已解脫束縛的夢境中所認識的那張臉，是當時我朋友越過了擋在那些祕密的、最深處的、禁忌的噩夢洞窟的屏障時顯現的那張記憶之臉。

當我注視時，我看見那顆頭抬了起來，那黑色清澈而深陷的雙眼在恐懼中張開，單薄陰暗的雙唇，就彷彿想尖叫卻害怕到喊不出口似地分了開來。當那有如死人卻又具有彈性的臉孔無形且清楚地發著光，並在漆黑中恢復青春時，棲身其中的那些僵硬的、滿溢的、令人腦殼碎裂的恐懼，遠勝過其以外的天地曾經向我揭露的所有恐懼。越來越近的遙遠聲響中沒有人說話，但當我沿那道受詛咒的光、追隨記憶之臉的瘋狂凝視來到其光源，同時也是那哀鳴的來源時，我也在一瞬間看到了那張臉所看到的，並在發出那陣將房客和警察都引來的尖叫及癲癇中陷入耳鳴。儘管我努力試過，我還是說不出我實際上到底看到了什麼；而那張木然無情的臉也說不出什麼，儘管它看到的想必更多，卻再也無法開口了。但我始終會防備那捉弄人又貪得無厭的休普諾斯，睡眠之神，也會防備夜空，防備對於知識和哲學的瘋狂野心。

發生了什麼事已不得而知，因為不只我自己的心智被那奇怪而醜陋的東西所顛覆，其他人也汙染上一種若不稱為瘋狂就毫無意義的忘卻。不知出於什麼理由，他們曾說，我從來就沒有交過什麼朋友，只有藝術、哲學和精神錯亂填滿了我的悲劇人生。那晚房客和警察們安撫了我，醫生則給了點東西讓我平靜下來，但沒有一個人看出發生了什麼樣的噩夢事件。我那受害的朋友並沒有使他們心生憐憫，反倒是他們在工作室躺椅上發現的東西，讓我獲得了他們令我作嘔的讚美；而當又禿、又灰髮、又乾枯、又痲痺、又因藥物瘋狂、又心靈破碎的我久久坐在那愛慕崇拜著他們找到的那個東西時，如今他們又給我一個令我在絕望中唾棄的評判。

他們否認我賣掉了最後一個雕像，還樂不可支地指著那散盡光輝後冰冷、石化、無言的東西。那位帶我到達瘋狂和破滅的朋友，最後就剩這樣子——一顆神一般的頭，大理石質彷彿古希臘才能產出，因為超越時間的青春而年輕，臉上有著美麗的絡腮鬍，彎曲微笑的嘴唇，奧林帕斯諸神的額頭，一綹一綹濃密的頭髮波動著，髮上還戴著罌粟。他們說那張縈繞心頭的記憶之臉出自我自己的面孔，以我二十五歲的樣子為模型，但在那大理石基座上刻著一個以阿提卡文[16]寫下的名字——YΠNOΣ（休普諾斯）。

16 即阿提卡希臘文（Attic Greek），或稱雅典希臘文；是古希臘方言，最接近後來的現代希臘語。

ΥΠΝΟΣ

北極星

房間北面窗外，北極星亮著異樣光芒。它穿越漫長地獄般的黑暗時刻持續在那亮著。到了那年秋天，當來自北方的風咒罵哀鳴，當沼澤邊葉子轉紅的樹木在凌晨的彎曲新月下彼此低語，我坐在窗邊望著那顆星。隨時間流逝而從高處滑下的，是閃閃發光的仙后座，而北斗七星則在浸濕了水氣並在夜風中搖擺的沼邊樹木後吃力地往上爬。拂曉前一刻，大角星還在低矮山丘頂的墓地上空眨著紅光，而后髮座則在神祕的遠東古怪地閃爍；但不動的北極星仍處在黑暗穹窿的同個位置朝下睥睨，就像一顆發瘋的看守之眼醜陋地眨著，彷彿拚了命想傳達什麼奇怪訊息一樣，卻又什麼也想不起來，只記得自己曾有個訊息要傳達。偶爾，當天空多雲時，我才能入睡。

我還清楚記得極光盛行的那一晚，當時惡魔之光在沼澤上舞動著令人厭惡的閃光。光芒之後出現雲朵，我便睡去。

而我是在那彎角般的虧月下第一次看見那城市。它靜止欲睡地座落在古怪山峰間，一座山谷裡的古怪平原上。它的牆和塔樓，它的柱子、圓頂和道路都是死人色澤的大理石。大理石街上有著大理石柱，上端刻成了神情嚴肅的腮鬍男子雕像。空氣溫暖無風。而在頭頂上，僅僅離天頂十度的地方，那顆下望的北極星正發著光。我長久凝視那座城，但白天並未到來。當閃爍在低空處卻從不落下的紅色畢宿五於鄰近地平線的軌道上匍匐了四分之一趟時，我在屋裡和街上看見了光影和動作。穿著怪異長袍但高貴親切的形體走了出來，在彎角虧月下，人們以一種我能了解的語調說著智慧的話，儘管那不像任何我所知的語言。而當那紅色畢宿五在鄰近地平線軌道上匍匐超過半程時，一切又再次回歸黑暗與寂靜。

當我醒來時，我已不是過去的我。城市的景象刻進了我的記憶，而我的靈魂裡出現另一個更模糊的回憶，其本質我當時還無法確定。之後，在我能入睡的陰天夜晚，我便常看見那城市；有時在那彎角虧月下，有時在那不沉但滾動於地平線附近的太陽炙熱黃色光芒下。而在清澈的夜裡，北極星前所未見地睥睨著。

我漸漸開始納悶，在這古怪山峰間、古怪高原上的城市裡，我自己的定位又在何處。本來當一個全盤觀察的非肉體存在來觀看這景象就已令我滿足，但我現在渴望定義我和它的關係，並渴望在那群每天於公共廣場上交談的嚴肅人群間抒發我的心思。我對自己說：

「這不是夢，因為有什麼方法，能讓我證明北極星每晚凝視的北面窗戶裡，位於那邪惡沼澤及低矮山丘上墓地南方的石磚房屋裡的另一個生命，有著比較真的現實呢？」

某晚，當我在有眾多雕像的大廣場上聆聽人們交談時，我感覺到一股變化；並感知到我總算有了實體形態。我也不再是挪頓峰和卡迪佛聶克峰間沙爾奇斯高原上這片歐拉荷市區裡的陌生人。說話的是我的朋友阿羅斯，而他的發言讓我靈魂欣喜，因為那是真正的男人和愛國者會說的話。那晚傳來戴可斯淪陷，以及依努托人進軍的消息；後者是一群矮胖的、兇惡的黃皮膚暴徒，五年前出現於未知的西邊，前來蹂躪我們王國的邊界，最終圍困了我們的城鎮。奪取山腳下築了防禦工事的地點後，除非每位公民都能以十人之力反抗，否則他們會一路直達高原。因為這群醜怪的東西很會打仗，對名譽也沒有顧忌——我們高大灰眼的洛馬人就是基於對名譽的顧忌，才不隨便血腥出征啊！阿羅斯，我的朋友，是高原上所有部隊的指揮官，而他身上繫著我們國家的最後希望。在這場合中他談起要面對的諸多危機，並激勵歐拉荷的男人，也就是洛馬人中最勇敢的一群，來堅守他們祖先的傳統——當時他們面臨大冰蓋推進，被迫從佐布納向南遷移（甚至連我們的後裔總有一天也得要逃離洛馬這塊地），英勇凱旋地驅逐了那群擋路的、多毛長手又食人的葛諾夫克人。阿羅斯拒絕讓我擔任戰士，因為我太軟弱，又會在面對壓力和艱難時莫名其妙地昏倒。不過，儘管我每天長時間研讀普那柯提手稿和佐布納人先祖的智慧，我的雙眼仍是全城最敏銳的；所以我那不想害我一無用處的朋友，就將最重要的職責賜給了我。他派我到塔普南的瞭望塔，擔任大軍的眼睛。如果依努托人打算從挪頓峰後面的羊腸小徑拿下護城來給駐軍一個出其不意，我就要點起烽火警告等著的士兵，拯救城鎮免於立即受災。

我獨自爬上塔，因為底下的小徑需要每個身體結實的人去守。興奮和勞累使我頭腦嚴重暈眩，因為我已好幾天沒入睡；然而我的目標堅定，因為我愛著我的祖國洛馬，愛著挪頓峰和卡迪佛聶克峰之間的大理石城歐拉荷。

但當我立在塔頂的室內時，我看見那又紅又邪惡的彎角虧月，在遠方巴諾夫山谷上盤旋的水氣中顫抖。從屋頂的開口中，我能看見蒼白的北極星在閃爍，彷彿活著似地亂動，並像惡人和誘惑者般睥睨著。我覺得它的靈魂正低語著邪惡的勸說，一次又一次反覆那充滿韻律的可惡諾言，安撫我使我進入背信棄義的睏倦中：

「睡吧，守望者，
直到那天體
轉了兩萬六千年，而我回到了
我如今燃燒的位置。
下次別的恆星
會升至天空的軸心；
會用甜美的健忘
來撫慰來祝福的諸星們：
只有等我的繞行結束

過往才會吵上你的門。」

我徒勞地和睡意搏鬥，試圖將這些古怪字句和我從普那柯提手稿得知的一些天空傳說連結起來。我沉重旋轉的頭垂往胸前，而當我再次抬頭時已在夢中；夢裡，窗外的北極星在夢的沼澤邊那些恐怖搖擺的樹木頂上對我齜牙咧嘴地笑。而我仍在作夢。

在羞恥和絕望中，我有時會瘋狂地尖叫，懇求我周圍的夢中生物在依努托人溜上挪頓峰後小徑並奇襲拿下護城前將我喚醒；但那些生物是惡魔，因為它們嘲笑我，並說我不是在作夢。它們在我睡覺時作弄我，而同時那些矮胖黃皮膚的敵人可能正悄悄向我們靠近。我怠惰職責且背叛了大理石城歐拉荷，我讓我的朋友兼指揮官阿羅斯看走了眼。然而這些夢中的影子還是嘲弄著我。他們說沒有什麼洛馬國，那只存在於我夜裡的想像；而在北極星高掛而紅色畢宿五匍匐於地平線一帶的那些地方，幾千年來除了冰雪之外什麼都不存在，而且那裡一個人也沒有，只有一群因嚴寒而枯萎、被他們稱作「愛斯基摩」的矮胖黃皮膚傢伙。

而當我在愧疚的痛苦中扭動，瘋狂地想拯救那危機一分分增長的城市，並徒勞地拚命擺脫這邪惡沼澤與低矮山丘上位於墓地南方那石磚房屋裡的不自然夢境時；那邪惡而醜陋、從漆黑虛空朝下睥睨的北極星正醜惡地眨著，就像一隻瘋狂的守護之眼努力傳達著某個怪異訊息，但除了有個訊息要傳達之外，什麼都不記得。

來自天外

我最好的朋友克勞佛·提林加斯特身上出現的變化，可說超乎想像地恐怖。自從兩個半月前，他跟我說起他的物理和形上學研究正朝什麼目標前進的那天起，我就沒再看到他了；面對我驚愕且幾乎嚇壞了的抗議，他的回應是在一陣狂怒中將我趕出他的實驗室和家門。我知道他現在大半時候都在頂樓實驗室跟那台可惡的電動機器關在一起，不怎麼吃東西，甚至還將僕人都趕走，但我沒想到短短十週可以讓人不成人形。看見一個結實的人突然瘦成那樣，沒有人會多開心，更糟的是那原本寬鬆的皮膚還變黃發灰，雙眼凹陷、冒起黑圈，不尋常地發著光，額頭更冒起血管跟皺紋，雙手則顫抖抽搐。若再加上令人厭惡的不整潔，像是凌亂的衣裝、濃密的黑髮根部發白、一度刮得乾淨的臉上如今胡亂長著純白鬍鬚，那累積的效果就相當令人震撼了。那天晚上，數週前才被克勞佛·提林加斯特親自放逐的我，又因為他那條理不清的口信而來到他家門前時，他的樣貌就是這個樣子。當時，一邊顫抖一邊讓我走進這間遠離班尼佛冷街的古老孤房，同時手上拿著蠟燭，還提心吊膽彷彿懼怕著屋裡什麼看不見的東西的，就是這幽靈般的人。

克勞佛・提林加斯特當初開始讀科學和哲學就已經走錯了路。這些東西應該要留給那些呆板客觀的研究者，因為這些東西為那些會感受、會行動的人提供了兩種一樣悲慘的選項；達不到目標就會絕望，成功了就得到說不出口且無法想像的恐怖。提林加斯特一度苦於失敗，孤單而憂鬱；但現在我靠著令自己厭惡的恐懼了解到，他其實是苦於成功。十週前，我確實在他突然講出自認即將發現的東西時警告過他。當時他興奮激動，用一種高亢不自然、但又一直賣弄學問的聲音說著話。

「關於我們的世界和宇宙——」他曾說：「我們了解什麼？我們接收印象的手段不合理地少，而我們對周圍物體的概念又極其狹隘。我們只能以我們組成的構造來看東西，而無法了解其絕對性質。我們用虛弱的五官假裝理解無邊無際的複雜宇宙，然而，其他有著更寬廣、更強大或不同範圍之感官的生命，可能不只眼中所見與我們截然不同，它們甚至有可能看得到在身邊咫尺卻永遠無法被我們的感官偵測到的大量物質、能量、生命並加以研究。我始終相信，那樣奇怪而無法接觸的世界就存在於我們的身邊，**而現在，我相信自己找到了一種方法來打破屏障**。我不是在開玩笑。二十四小時內，桌邊那台機器就會產生波，對我們體內尚未被認出的、作為萎縮器官或未發育完全之殘存物而存在的感官產生作用。那些波將首度顯現出許多人類未知的景象，而其中幾種景象是任何所謂碳基生命都不曾知道的。我們會看見狗在黑暗中嚎叫的對象，會看到貓過了半夜是對什麼豎起耳朵。我們會看到這些東西，以及所有會呼吸的生命都沒看過的其他東西。我們會超越時間、空間和維度，而且連最低階生物會進行的那一丁點身體移動都不需要做。」

提林加斯特說出這些事情時，我表達了抗議，因為就我對他的十足了解，此時該要感覺害怕而不是有趣；但他已經走火入魔，將我趕出家門。現在他絕對還是走火入魔的樣態，但他想說話的欲望壓過了憤怒，才以一種我已不太能辨認的筆跡寫了封發號施令般的信給我。當我進入這位突然變異成顫抖畸形人的朋友住所，竟也感染上那股似乎潛伏在所有陰影中的恐懼。十週前他所陳述的字詞和信念，在燭光光暈外的黑暗中隱約被進一步賦以形體，而東道主那空洞、異變的聲音開始令我感到噁心。我希望僕人們在附近，而當他說他們三天前全都離開時，我實在覺得不妙。連老格雷戈里也沒向我說一聲就拋下他的主人，我算是信得過的朋友吧，這太奇怪了。畢竟在我被提林加斯特憤而逐走之後，手上關於他的所有消息，都是老格雷戈里告訴我的。

但很快地，我所有的恐懼都被益發旺盛的好奇心和陶醉感掩過。我只能猜測此刻克勞佛・提林加斯特找我要做什麼，但我確定他想要向我透露重大的祕密或發現。過去我對他違反自然、窺探不可思領域一事表達抗議；現在他顯然成功到了我幾乎能夠感同身受的程度，只是勝利的代價看來可怕。我跟隨著上下起伏的燭光前行，走過屋內的陰暗空蕩。電力似乎都切斷了，我詢問領路人，他說那是有原因的。

「那樣會太過分……我可不敢。」他不停喃喃自語。我特別留意到他喃喃自語的新習慣，因為自言自語不像他過去會做的事。我們進了頂樓的實驗室，而我察覺到那令人厭惡的電動機器，正發著病態、邪門的紫色光芒。那機器接著一具強力化學電池，但似乎沒通上電；因為我記得，當這機器還在實驗階段時，運轉起來會劈啪轟隆作響。提林加斯特咕噥著回應我的問題，說這種永久的光芒根本不是哪種我所能了解的電力。

現在他讓我坐在機器附近，所以它在我右側，然後他打開了位在機器頂端那群玻璃燈泡底下某處的開關。機器先是出現平常那種劈啪聲，接著轉為嘎嘎響，最終化為一種輕柔到像是要回歸寂靜的嗡嗡聲。同時那光芒逐漸增強，又再度減弱，然後呈現一種淡而不正常的顏色，或者說，是我既沒辦法歸類也沒辦法形容的混合色。提林加斯特一直注視著我，因而注意到我困惑的表情。

「你知道那是什麼嗎？」他悄悄說。「那是紫外線。」他看我一臉訝異，便古怪地咯咯笑起來。「你以為紫外線是看不見的，本來也真的是——但你**現在**不只能看到它，本來很多看不見的東西現在都可以了。」

「聽我說！那東西發出的波正喚醒我們體內一千種沉睡的感覺；那些感覺繼承自數十億年來從分離的電子到人類生命狀態的演化。我曾見過**真相**，打算展示給你看。你有想過那看起來會是什麼樣嗎？我這就來告訴你。」提林加斯特這時坐到了我正對面，吹熄了他的蠟燭並醜惡地直盯我的雙眼。「你既有的感官──我想第一個應該是耳朵吧──會拾起許多印象，因為它們密切連結著沉睡的器官。接著會有其他的器官。你聽過松果腺[17]吧？那些膚淺的內分泌學家，那些佛洛伊德的傻子同夥跟暴發戶同夥，都讓我想笑。那個腺體是所有器官中最了不起的感官──**這點被我發現了**。那到頭來像是視覺，

17　人體最小的器官之一，座落在腦部中央的附近，負責製造褪黑素。形狀像是一顆小松果，因而得名。

會將視覺畫面傳給大腦。如果你是普通人，那麼絕大部分的東西就應該是這樣獲得的……我是指，獲得絕大部分的**天外**證據。」

我環顧著這間南面牆壁傾斜、被平常肉眼無法看見的光源微微照亮的巨大頂樓房間。較遠的幾個角落完全陷入陰影，整個地方都有一種朦朧的不真實感，讓它的本質變得黯淡，並引人想像起各種象徵意象與幻景。當提林加斯特沉默時，我想像自己處在死去已久的諸神的巨大驚人殿堂裡；某些不太清晰的雄偉建築物，有著無數黑色石柱，從濕漉漉的大理石地面一路深入超出視野而雲層密集的高處。有一陣子那景象栩栩如生，但漸漸被一種更恐怖的想像蓋過；在不可見、無聲、無盡的空間裡徹底而絕對地孤絕。似乎除了虛空外什麼都沒有，而我感受到一種幼稚的恐懼，促使我從褲袋中掏出自從某晚在東普羅維登斯被搶劫後就一直帶在身邊的左輪手槍。接著，在最遙遠的區域裡，那聲音柔和地逐漸生成。那聲音無限地微小，但微小中又鮮明，而且絕對有著音樂感，卻又擁有一種極度暴烈的性質，讓它的衝擊力道在我體內感受有如一種精巧的折磨。我感受到一種像是突然刮擦毛玻璃的人會感受的知覺。同時那裡產生了某種像一陣冷風的東西，似乎從遙遠音源那頭一路掃過我身邊。當我屏息等待，我感覺聲音和風都在加強；那讓我的心中有種奇怪想像，就好像我被綁在一對鐵軌上，正有碩大的火車頭沿線駛來。我開始對提林加斯特說話，而當我這麼做的時候，所有不尋常印象突然都消失了。我只看到那人，那發光的機器，還有那昏暗的房屋。眼見我在無意識中幾乎要拔出的左輪手槍，提林加斯特令人厭惡地咧嘴而笑，但從他表情看來，我很確定他跟我看到並聽到了一樣的東西，搞不好比我所知覺的還要多上太多。我悄聲說出我經歷了什麼，而他吩咐我盡可能保持安靜並接受一切。

「別動。」他警告：「因為在這光裡頭**我們看得到、同時也會被看到**。我跟你說僕人都走了，但我沒告訴你怎麼走的。是那個頭腦遲鈍的管家——我都警告她不要了，她還把樓下的燈打開，讓電線共振起來。那一定很可怕——儘管我在上頭看著聽著來自另一個方向的一切，我都還能聽到她的尖叫聲，後來發現屋子各處有一堆堆空衣服的時候，還真是嚇到了我。阿普戴克太太的衣服靠近前廳的電燈開關——所以我才知道是她按的。它對他們全部人下手了。但只要我們不動就很安全。要記得我們面對的是一個我們實際上無能為力的可怕世界……**不要動！**」

揭露這番真相和突然下達命令，這兩者交疊的震撼，對我產生了一種麻痺效果，在恐懼中，我再度對那來自提林加斯特所謂「**天外**」之處的印象敞開心智。我現在處於聲音和動態的漩渦裡，眼前都是令人混亂的畫面。我看見房間的模糊輪廓，但炙熱而難以辨識的一整列形體或雲朵似乎正從空間中的某處傾瀉而出，正從我前面和右邊滲入實心的屋頂。接著我又瞥了一眼那神殿般的印象，但這次那些柱子向上伸進了天上的光海，而那光海則以我前面看到的雲陣為徑，降下一道炫目的光束。在那之後，景色幾乎可說徹底千變萬化，而在一整團景色、聲響和不明感覺印象的雜亂中，我覺得自己好像快要分解，或者以某種方式失去固體形態。我永遠會記得一道明確的閃光。有一瞬間我似乎看到一片奇異的夜空，充斥著閃亮旋轉的球體，而當夜空變淡時，我看見發光的太陽們形成了一個星座或星系；而那正是克勞佛．提林加斯特歪曲面孔的形狀。另一刻，我感覺那巨大的生命體擦過我身邊，偶爾**步行或飄移穿過我應當是實心的身體**，並覺得自己看到提林加斯特正看著那些生命體，就好像他更加訓練充足的感官可以用視覺捕捉它們。我還記得他所說的松果腺，不禁納悶他藉由這超自然的眼睛看到了什麼。

突然，我自己也擁有了一種強化的視覺。在那發光又陰影重重的混亂之上，又出現了一幕景象，雖然模糊，卻持有一貫性和恆久性的要素。那確實是什麼熟悉的東西，因為它不尋常的部分被加疊到了尋常的地球景觀上頭，就好像一部影片可以被投射到劇院的彩繪簾幕一樣。我看見了頂樓的實驗室，那台電動機器，還有對面提林加斯特那難看的形貌；但在所有沒被熟悉物質占據的空間裡，沒有一個粒子的空間是空出來的。各種活的、死的、無法形容的形狀，都以一種噁心的無秩序交互混合，而且幾乎所有已知的東西周圍全都是各種異樣、未知的實體。看起來很可能是所有的已知事物，都被化為其他未知事物的成分，反之亦然。在所有活物最突出的，是那種巨大漆黑、宛如水母的怪物，正迎合著機器的震動而鬆軟地抖著。它們的數量多到噁心，而我在驚駭中看出它們彼此相疊；它們呈現半液態，而且能彼此穿透，也能穿透我們所認知的固體。這些東西從不靜止，但似乎始終帶著某種邪惡意圖在飄浮著。有時候它們似乎在吞噬彼此，攻擊者撲向受害者，突如其來地使後者從視線中消失。當我覺得自己明白了是什麼消滅那些不幸的僕人時，我不禁戰慄不已，而無法在努力觀察這原本身邊不可見但首度看見的世界裡的其他物質時，將這些怪物從心中屏除。但提林加斯特一直都在看著我，並說著話。

「你看到它們了嗎？你看到它們了嗎？你看見你身邊那些又飄又晃、當你活著時沒有一刻不在穿透你的東西了嗎？你看見構成人們所謂純淨空氣和藍天的那些生物了嗎？我這不就成功打破藩籬了嘛；我是不是就讓你看到沒有任何活人看過的世界？」在恐怖混亂中我聽到他尖叫，並看著他那狂野的面孔極其冒犯地猛然貼到我面前。他的雙眼是兩個火坑，以一種我現在看來已勢不可擋的恨意怒視著我。那台機器令人厭惡地嗡嗡低響。

「你以為是那些亂成一團的東西把僕人都滅掉的嗎？傻子啊，它們根本人畜無害！但那些僕人**的確**都不見了，不是嗎？你試圖阻止我；你在我連一丁點鼓勵都不願放過的時候潑我冷水；你這該死的膽小鬼，你根本就害怕宇宙的真相，但這下我可逮到你了！是什麼把僕人都清掉了？是什麼讓他們尖叫得那麼大聲？……不知道是吧？你很快就要知道了！看著我——聽我說的話——你真的以為有時間和大小這類東西嗎？你是不是會想像有形體或物質這種東西？我告訴你，我已經進到你那小小腦袋想像不到的深處！我已經看穿無限的邊界，還招來了群星上的惡魔……我已經駕馭了那些穿過一個又一個世界，散播死亡和瘋狂的陰影……太空是屬於我的，你聽到了嗎？現在有些東西——那些會去吞沒、會去分解的東西——在獵捕我，但我知道如何閃避它們。它們會逮到的是你，就跟當初逮到那些僕人一樣。是不是有振奮到人心呀，大爺？我跟你說過亂動很危險。我叫你不要動，到目前為止都是在救你——救了你，好讓你看到更多景象，然後聽我說。如果你動了的話，它們早就找上你了。別擔心，它們不會**傷害**你。它們也沒傷害僕人——那些可憐人只是**看到**它們才叫成那樣。我的寶貝不漂亮，因為它們出自那些美學標準——**很不一樣**的地方。瓦解是不怎麼會痛苦的，這我可以跟你保證——但**我要你看看它們**。我幾乎看到它們了，但我知道怎麼收手。你不好奇嗎？我一直知道你不是科學家的料！在發抖囉？是因為急著想看我發現的終極事物而發抖嗎？那你幹麼不動？累啦？唉呀，別擔心啦我的朋友，**因為它們要來了**……看哪！快看！該死，快看啦！……就在你左邊肩膀上頭……」

剩下來還能講的已經很少，你們看過報紙報導可能就很熟悉。警察聽到提林加斯特的老房子傳來一聲槍響，而在那裡找到我們——

提林加斯特死了，而我昏迷不醒。他們逮捕了我，因為左輪手槍在我手上，又在三小時之後放了我，因為他們發現害死提林加斯特的是中風，也看出我那一槍是對準了那台有害的機器，而那機器現在已毫無用處地在實驗室地板上爛成一團。我沒怎麼跟人說我看到什麼，因為我怕驗屍官起疑；但醫生們告訴我說，從我那含糊閃爍的概述來看，我無疑是被那個充滿恨意又有意殺人的瘋子催眠了。

我希望自己可以就這麼信了那位醫生。如果我能從腦中去除我現在不得不對周遭及頭頂上的空氣和天空產生的想法，對我緊張不安的神經就會有所幫助。我再也感覺不到獨自一人或舒適的感受，而當我疲倦時，有時還會有一股可怕的追逐感朝我而來，令我恐懼。讓我信不了那位醫生的地方，就只是這麼一個事實——警方從未找到他們認定遭克勞佛・提林加斯特所謀殺的僕人遺體。

睡牆之外

「我實在是很想睡一覺。」[18]

——莎士比亞

我常在想，多數人是否曾停下腳步，思索夢境那有時會相當豐富的意涵，以及夢境所歸屬的模糊難解世界。儘管我們的夜間幻景或許多半只是清醒時經驗的模糊反射——佛洛伊德對此反倒有一套幼年象徵意義的說法——但還有一群人，他們非世俗且非人的特質不能用尋常方式解釋，而他們略顯興奮又令人不安的反應，似乎能讓人一瞥那與肉體生命同等重要的精神領域，儘管別人也被一道絕對無法通過的屏障隔絕在那樣的生命之外。從我的經驗來看，當人失去了世俗的清醒意識時，確實會逗留在另一種特性遠不同於已知生命的非物質生命裡，對此我並不懷疑；醒來之後能存留的，也確實只有最少量最模糊的記憶。我們可以從那些模糊零碎的記憶中做出不少推論，但能證明為真的只有少數。我們只能猜測，地球上所認知的那些物質、生命力，到了夢中生命裡未必還恆常不變；而時間和空間也不會像是我們清醒時所理解的那個樣子。有時我相信這個不那麼物質的生命反而是我們更為真實的生命，而我們在這陸地與海洋所構成的地球上的徒然存在，反而才是次要現象，或者僅僅是虛無的異常現象。

一切的開端，就是一九〇〇至一九〇一年冬季的某天下午，當

18 莎士比亞《仲夏夜之夢》第四幕第一場。

某個人被帶到我擔任實習醫師的州立精神病機構時，從我腦中冒出的這種滿心猜測且只有年輕人才會做的白日夢；而這個案例從那時開始，就在我心中揮之不去、難以平息。根據紀錄，他的名字是喬．史雷特，或史拉德，而他的外貌就是典型卡茲奇山區[19]居民的模樣；一支原始屯墾農民家系底下令人厭惡的古怪後裔，在那片人跡罕至的鄉間山區據點隔離了近三個世紀，使他們沉淪於一種野蠻的退化，不像他們有幸安頓於人口稠密定居地帶的兄弟們那樣向前邁進。這些墮落之處跟南方「白人垃圾」正好一致的古怪村民，彼此間並不存在法律和道德；他們普遍的心智狀態可能比其他所有美國土著階級都還要低。

當我第一眼看到在四名州警戒護下來到機構、被描述為高危險人格的喬·史雷特時，他身上實在沒什麼證據能證明有危險傾向。雖然身材遠超過中等標準，骨架還相當結實，但那對小而濕潤的雙眼裡的昏沉淡藍、那沒刮也不整理而長長的黃鬍子所帶來的匱乏感，還有那厚重下唇展現的無精打采，卻給了他一種愚笨無害的可笑外貌。沒人知道他的年紀，因為他那幫人普遍都沒有家庭紀錄或永久的家庭羈絆；但首席外科醫師根據他額前的光禿，還有牙齒蛀壞的狀態，將他紀錄為約四十歲的男性。

關於此案例，我們所能蒐集並得知的一切都來自醫療和法庭文

19 卡茲奇山區（Catskills Mountains）是美國紐約州哈德遜河以西、奧本尼西南方的一處高原。

件。這個人，這名流浪者、獵人兼設陷阱捕獸者，在他的原始人同夥眼裡始終行徑怪異。夜裡他習慣過了正常時間才入睡，醒來後經常講起未知事物，其描述方式實在太怪誕，連在缺乏想像力的普通老百姓心裡都能夠激發恐懼。不是因為他的言語形式有哪裡不尋常，畢竟他除了自己周遭那種下等土語之外什麼都不會說；但他開口的那種語調和聲調卻有著神祕的荒蕪，聽著很難不心生恐懼。他自己通常也跟聽眾一樣恐懼困惑，在醒來之後的一小時內就會徹底忘掉自己說過的，或者至少忘掉促使他述說自身行為的所有動機；然後他就會回復到與其他山地人一樣的正常狀態，遲鈍且和藹可親。

隨著史雷特年紀增長，他一早醒來的精神錯亂似乎越來越頻繁且更加暴力；直到他前來精神病機構的約莫一個月前，終於發生了導致他被當局逮捕的驚人悲劇。某天接近中午時，喝了太多威士忌而從前一天下午五點就呼呼大睡的他突然驚醒；他發出的嗥聲可怕怪異，引來不少人跑到他住的小屋——那是他和一個跟他一樣難以形容的家庭所共宿的豬窩。他衝出門踏進雪中，手臂猛舉上天，開始直直朝空中跳個不停；他還喊著說，自己下定決心要抵達某個「好大、好大的屋子，屋頂牆壁地板都發亮，還有遠方響亮又奇怪的音樂」。兩個身材普通的男人企圖制住他，但他卻以抓狂的力道和憤怒掙扎起來，尖喊著要找到並殺死某個「在發光在晃在笑的東西」。最後，他先是突然一拳短暫放倒其中一個壓制者，接著又帶著著魔般的嗜血狂喜撲向另一人，惡魔般地尖叫著要「高高跳上天然後一路燒遍所有阻擋他的東西」。這時家人鄰居們紛紛驚慌走避，當其中比較勇敢的人回到原處時，史雷特已經走了，留下一堆無法辨識的、一小時前曾經是活人的漿狀物。沒有哪個山地人敢去追捕他，而且他們應該會樂見他在外凍死；但幾個早晨過後，他們聽見遠方一座深谷傳來他的尖叫，便知道他不知怎地活了下來，也意識到一定得用什麼方法來將他除掉。後來他們組了一支武裝搜索隊，然後那偶爾才會出現的州騎警隊意外察覺到他們並詢問了狀況，最後還加入了這群搜索者，之後這支隊伍的目標（不管原本那算是什麼）就變成了民警團的目標。

搜索的第三天，他們在一個樹洞裡發現失去意識的史雷特，並將他帶去最鄰近的監獄；來自阿爾巴尼[20]的精神病醫生一等他恢復知覺就開始檢查。他跟他們說了個簡單的故事。他說，有天下午他喝了很多烈酒，然後就在日落時分睡了。他醒來時發現自己滿手是血地站在自家屋前雪地上，腳前是他鄰居彼得·史拉德破七爛八的屍體。出於恐懼，他意識模糊地試圖逃離那想必是他犯下的罪，並遁入樹林中。除此之外他似乎一概不知，其他專家們詢問了這些審訊者，也無法多知道一丁點事實。那晚史雷特安靜地睡了，第二天早上醒來時連一點病徵都沒有，除了表情變了一些之外。持續觀察這名病人的伯納德醫生，認為他從那淡藍色雙眼中注意到了一點性質古怪的微光；而那不結實的雙唇卻難以察覺地繃緊著，就好像有種出於智慧的決心。但在接受質問時，史雷特那種山地人慣有的失神又再度復發，只是反覆說著他前一天說過的話。

20 美國紐約州首府，也是紐約州阿伯尼郡郡治所在地。

入獄第三天早上，出現了第一次的精神發作。睡眠時顯現些許躁動不安後，他突然陷入極度狂熱，力量大到得要四個男人合力才能將他綁進拘束衣裡。精神病醫師極其專注地傾聽他的話，因為那些引人遐想卻多半矛盾不連貫的家人鄰人故事，已經熊熊燃起他們的好奇心。史雷特語無倫次地講了十五分鐘多，用他粗野的方言含糊地描述雄偉的光之建築、廣大的空間、怪異的音樂，還有幽暗的群山與谷地。但他最加詳述的是某個神祕的燃燒體，在那邊搖晃、嬉笑、嘲弄他。這個巨大、模糊的人格似乎對他做了極其糟糕的事，讓他將「在大獲全勝的復仇中殺掉它」當成自己至高無上的慾望。他說，為了達到這目標，他要向上飛越空虛的深淵，燒遍所有擋路的障礙。他就這樣說個不停，直到在最突然的瞬間停了下來。瘋狂之火從他眼中消失，他呆滯困惑地望向訊問者，問說自己為什麼被束縛著。伯納德醫生解開了皮革束套，直到晚上成功說服史雷德為了自己好而主動將它穿回去之前，都沒將它扣回去。現在這名男子會自己承認有時講話怪怪的，只是說他也不知道為什麼。

那一週內他又發了兩次惡夢，但醫生沒能從中了解多少事。他們花了不少時間推測史雷特所見景象的源頭，因為，既然他不會讀也不會寫，顯然也沒讀過傳說或童話故事，他那些璀璨華麗的想像究竟從何而來？此外，這不幸的瘋子只能用他簡單的語法來表達事物，這一點又明白顯示了這些想像不可能來自任何已知的神話或傳奇小說。他語無倫次地說著他不懂也無法詮釋的事；他聲稱自己經歷過那些事，但他又不可能透過任何正常或相關的敘事來學會那些事。精神病醫生很快就一致同意，這些異常的夢境便是他精神疾病的基礎；這些夢境栩栩如生到可以在一段時間內徹底支配此人打從根本就低人一等的清醒心智。經過正當的正式手續後，史雷特因謀殺罪受審，但基於精神失常而宣告無罪，並被押往我謙恭任職的這間精神病機構。

我說過我一直對夢境生命有諸多猜測，或許你可以從這一點來判斷，當我徹底查明了這名新病例的諸多事實之後，心裡有多麼想要全力研究他。他似乎能察覺到我一定程度的友善；對於我藏不住的興趣和我詢問時的和善態度都毫不起疑。我不是說他在惡夢發作時，曾認出正在屏息關注他那混亂無際的文字描述的我，而是說他在平靜時會認得我，那時他會坐在裝了欄杆的窗前，用麥稈和柳木條編籃子，或許還渴望著再也無法享受的山區自由。他的家人再也沒來看他；他們可能是根據墮落的山地人規矩，找到了另一個臨時的領袖。

喬．史雷特這番瘋狂又奇妙的想法逐漸令我驚嘆到難以抵擋。這個人在精神和語言上都低落到可悲；但他那光彩而強大的幻像，儘管用野蠻無條理的胡言亂語述說，卻一定只能由卓越甚至超凡的腦袋想像出來。我常常自問，一個卡茲奇山低等人的麻木想像力，是怎麼想出這番景象，讓所見的每件事物都蘊含了天才的火光？怎麼會有哪個荒野裡的笨蛋，能想到史雷特那一堆精神錯亂的鬼吼鬼叫所描述的、那種有著非凡光彩與空間的輝煌領域？我越來越相信，這個蜷縮於我面前的可憐人，體內存有某種超越我理解之物的不尋常核心；該物遠遠超乎我那些經驗過人但想像力略遜的醫學、科學同僚的理解範圍。

然而我卻沒辦法從這人身上獲取什麼確切的東西。我所有調查的總結是，史雷特在一種介於物質與非物質之間的夢境生命中，遊蕩或漂浮著穿過燦爛而巨大的光之山谷、草地、庭園、城市和宮殿；而那處在沒有邊際且不為人知的領域中。在那裡他不是粗人也不是下等人，而是有著鮮活生命的要人；自豪又君臨一切地移動著，只有一些致命死敵才能阻止他，那些敵人似乎是某種可見但如空氣般的結構，外觀並非人型，因為史雷特從來不說那是**人**，甚至只說是個**東西**。這**東西**曾對史雷特做了什麼駭人聽聞的無名惡行，令這名瘋子（如果他真是瘋子的話）渴望復仇。從史雷特略微提到的往來方式，我研判他和那些發光物彼此平等對待；在夢裡，這個人也是個發光體，跟他的敵手同一種族。他時常提及**飛越空間、燒毀**一切妨礙他前進之物，便可佐證這樣的印象。然而這種想法卻是用完全不足以傳達它的粗陋用詞所構成，面對這樣的狀況我得出的結論是，如果確實有一個真正的夢世界存在，口語便不是其中傳遞思想的媒介。會不會是居住在這低等身體裡的夢之靈魂，拚了命地想說出這簡單又結巴的呆笨舌頭說不出的東西呢？我會不會曾經和（只要我學著發現並閱讀的話就）可以解釋這謎團的智能放射體面對面過？我沒有把這些事告訴我的醫生前輩，因為人到了中年就會滿是疑心、冷嘲熱諷，不願意接受新想法。此外，機構的主管最近才以他父執輩的方式警告我工作過度；說我的精神需要休息一下。

我長久以來一直相信，人類的思想基本上是由原子或分子動態所組成，可以轉換成放射能量的乙太波，例如熱能、光和電。起初這種信念讓我開始思考利用適當裝備進行心靈感應或精神溝通的可能，接著在大學時代我便準備了一套收發儀器，類似那種簡陋的、發明收音機前的無線電報系統時代所使用的笨重設備。我曾經用一個同學來做測試；但沒有得到任何結果，便很快將它和其他科學零雜物件一起收好，以備未來使用。現在，出於想探測喬．史雷特夢中生命的強烈欲望，我又把這些儀器找了出來；並花了好幾天將它們修到可用。這次機器重新組好後，我便不再放過測試的機會。每一次史雷特迸出胡言亂語時，我就會將傳送器裝在他額頭上，並將接收器裝在我這邊；同時持續配合各種假定的智能能量波長進行精細調整。這種思想印象如果能夠傳達，它會怎麼在我腦中喚起智能回應，我其實沒多少概念；但我確信，我可以偵測並轉譯這種印象。

於是我持續實驗，沒將實情告訴任何人。

一九〇一年二月二十一日，那件事終於發生了。當我回顧那幾年時，我才發覺那有多不真實；有時候甚至半信半疑，覺得凡頓老醫生將這一切都歸咎於我興奮的想像，會不會是不正確的。我記得當我告訴他時，他曾經帶著萬分的親切和耐心傾聽，但之後卻開了神經粉[21]給我，還排了我半年的假，從那之後的下星期就開始放。在那關鍵的一晚，我激動不安到了失去控制的地步，因為儘管喬·史雷特被照顧得非常妥善，卻無疑地快要死了。或許是因為失去山

21 譯註：成分為甘油磷酸鈉。

中自由，又或許是因為腦中的混亂變得太劇烈，讓他功能極其不良的體格無法負荷；但無論如何，他的生命火焰正在那衰落的身體裡微弱搖晃著。臨終時他昏昏沉沉，而當黑暗落下時，他陷入了充滿煩擾的睡眠。我沒再像平常那樣在他睡著時扣上拘束衣的束帶，因為我看得出，就算他死前再度精神失常地醒來，也已經衰弱到傷不了人了。但我確實還是在他和我的頭上裝了我那宇宙「收音機」的兩個端頭；抱著一線希望，想在僅剩的短暫時間裡，收到夢世界的第一個也是最後一個訊息。在單人小間裡陪著我們的還有一名看護，是個不知道整套機械用途、也不會想問我有何計畫的平凡傢伙。隨著時間流逝，我看到他的頭笨拙地垂下並入睡，但我不會去打擾他。受到那健康看護和那垂死之人的韻律呼吸所催眠，我過沒多久應該也打起瞌睡。

喚醒我的是曲調怪異的樂聲。和弦、振動，還有和聲的狂喜，在四處激烈地環繞迴盪；同時在我陶醉的視線中炸開了終極之美的驚人奇觀。有著生命的火焰牆壁、柱子以及柱頂過樑，繞著似乎浮在空中的我輝煌地發著光；它們一路向上，延伸到無限高處那光彩難以形容的圓頂蒼穹。和這番壯麗宏偉景色交融的，或者該說不時以萬花筒般的旋轉來取而代之的，是接連映入眼中的廣闊平原和優美谷地、崇高的山嶺和令人嚮往的石穴；全都覆蓋著我那雙快樂的眼睛能夠感知的所有美妙景色特質，但又完全由某種發光的、乙太的、可塑的實體所構成，並持續擁有等量的精神和物質。當我凝視時，我感受到自己的腦袋支配著這些迷人的變化，因為每個在我眼前的遠景，都是我不斷變化的心境隨時最想看見的景色。在這極樂領域之中，我不是作為一名陌生人而存在，因為所有的景象和聲音都令我熟悉；就如它過去已存在了萬古永恆之久，它未來也會像是永恆的存在。

接著我那光之兄弟的燦爛光輝靠近並和我交談，我們沉默而完美地交換思想，進而靈魂相通。那段時間是接近勝利的一刻，因為，難道不是我這同類終於逃出了一種低等的週期性束縛；永遠逃脫，並準備追著那受詛咒的壓迫者，甚至追到乙太的最高地帶，使得那上頭可能爆發一場怒火沖天而撼動穹頂的宇宙復仇嗎？我們就這麼漂浮了一陣子，此時我感知到我們周圍的物體微微開始模糊並消失，就好像某種力量正召我回地球——我最不想回去的地方。我旁邊的那形體似乎也感覺到了一股變化，因為它漸漸將對話帶往結論，而它自己則準備脫離這現場；以一種比其他物體略慢的速度，從我的視線中消失。我們又交流了幾個想法，而我因此知道那發光者和我都要準備被召回束縛裡，儘管對我的光之兄弟來說，這會是最後一次。這令人遺憾的塵世軀殼幾乎被徹底耗盡，在不到一小時內，我的夥伴就能沿著銀河自由去追擊壓迫者，穿越那頭的眾星，直到無盡的最終邊境。

當我看見那即將死去的人在病床上緩慢勉強地動著，一股清楚的驚愕感，將我從那片消失光景的最後印象中分離，讓我突然在椅子上挺直並羞愧地驚醒。喬．史雷特真的醒了過來，儘管應該是最後一次了。當我更仔細看著時，我看到那灰黃色的臉頰上亮起過去從未出現的色彩斑點。嘴唇同樣看起來不尋常；緊緊壓抑著，就好像被一股比史雷特更強悍的性格所施力。整張臉終於開始緊繃，閉著眼不安地轉過頭來。我沒叫醒睡著的看護，但重新調整了一下錯位的精神感應「收音機」頭帶，企圖抓住這作夢者可能要傳遞的什麼離別訊息。突然那顆頭猛轉向我並張大了眼，使我盯上了我接下來所看見的空虛驚奇。那個曾經是喬·史雷特的人，那個卡茲奇山的低等人，現在正用一對發光的、擴大的雙眼凝視著我，而那之中的藍似乎深了一些。那凝視中看不見瘋狂或退化，而我覺得自己無可置疑地是在看著一張表面下有著高等活躍心智的臉孔。

就在這關頭，我的頭腦察覺到有一種穩定的外在影響力正在操作它。我閉上眼睛，更深入專注思緒，而獲得了正面知識的回饋，**我尋求已久的精神訊息終於來了**。每個傳來的想法都快速在我心中成形，儘管實際上沒有用到任何語言，但我習以為常的概念與表達連結實在太優異，讓我顯然能將這訊息接收為普通英語。

「喬・史雷德死了。」睡牆之外傳來那令靈魂喪失活力的聲音或作用力。我張著的雙眼用好奇的恐懼尋找著病床，但那雙藍眼睛仍然平靜地凝視著，面容仍充滿智慧而栩栩如生。「他死了也好，因為他不適於承擔宇宙實體的活躍智慧。他低劣的肉體無法經歷天上生命與地上生命之間所需的調整。他有太多部分是動物，太少是人；然而就是透過他的缺陷使你得以發現我，因為宇宙和行星的靈魂理當是永不該相會的。在你們星球的四十二年裡，他曾經是折磨我的白日監獄。我是一個就如你自己在無夢之眠的自由中會成為的那種實體。我是你的光之兄弟，與你在輝煌的山谷中一同漂浮。我沒有獲准將你真正的身分告訴你醒著時的地上自身，但我們都是廣大空間的漫遊者，也是跨過漫長歲月的旅行者。明年我可能會住在你們稱做古代的黑暗埃及，或者住在從此時算起三千年後的殘酷倉昌帝國。你和我飄蕩到了一顆繞行紅色大角星的行星，並住在那些自豪地爬在木衛四上的昆蟲哲學家身體裡。地上那自身對於生命與其廣度的所知有多淺薄呀！它因為自己的平靜祥和，使它理當知道的事情有多淺薄呀！至於壓迫者的事情我不能說。你在地球上不知情地感受到它遙遠的存在——不知情的你們徒然地屈從於它名為**大陵五**[22]、又稱**惡魔星**的閃爍烽火下。我徒勞反抗了萬古，因為身體的妨礙而退縮，都是為了迎戰並克服壓迫者。今晚我身為復仇者，背負著正義和毀壞力極致的報復。**在空中緊貼惡魔星的地方看著我吧。**我不能再說了，因為喬．史雷特的身體已逐漸冰冷僵硬，而那粗劣的腦袋正如我所願地停止振動。你是我在宇宙中的朋友；你是我在這行星上唯一的朋友——只有你能察覺並尋找到存在於這病床上噁心形體裡的我。我們將會再相見——或許在獵戶之劍閃亮的雲霧裡，或許在史前亞洲荒涼的高原上。或許在今晚沒人記住的夢中；或許在此後當太陽系已被消滅的遙遠未來時，以某種的不同形體再會。」

就在這一刻，思想波突然停止，而作夢者——或者我該說死人嗎？——黯淡的雙眼開始空洞地呆滯下去。在恍惚中我來到病床那頭觸摸他的手腕，卻發現他已冰冷、僵硬、沒有脈搏。灰黃色的臉頰再度發白，厚唇張了開來，露出喬．史雷特這下等人討厭的爛牙。

22 原文Algol為阿拉伯語，意為「食人魔的頭」。

我發著抖，將一條毛毯蓋在他駭人的臉上，並將看護叫醒。接著我便離開單人房，默默回到自己房間。我急切而難以解釋地渴望睡去，睡到我記不起任何夢境。

事件高潮呢？科學的平淡故事哪能吹出這種誇張效果？我只記下了合我意思的幾件事當作事實，讓你們自行判斷。就像我早就承認的，我的上司，凡頓老醫生，否認我講述的一切現實。他鄭重地宣告，我已神經緊繃而心神崩潰，迫切需要全薪長假，而他也極其慷慨地批給我了。他以專業榮譽向我保證，喬．史雷特就只是一個低等的偏執狂患者，他的幻想概念想必是來自那些世代相傳的、連在最墮落的群體間都會流傳的粗野民間故事。他跟我說的就是這些——然而我不能忘記我在史雷特死後那晚看見的天空。為免你認為我是心存偏見的證人，我必須在這最後證詞上加進別人的文筆，或許能提供你期待的故事高潮。我會從知名天文學權威加列特．瑟維斯[23]教授的文章中，逐字摘錄以下這段關於**英仙座新星**的記錄：

「一九〇一年二月二十二日，愛丁堡的安德森博士發現了一顆驚人的新恆星，**就在離大陵五不遠處**。從來沒人在那個位置上看見恆星。不到二十四小時內，這個陌生恆星就亮到超越了五車二。一兩週後就可看出它正逐漸黯淡，而在幾個月內它就無法再用肉眼識別。」

23 加列特．瑟維斯（Garrett P. Serviss, 1851-1929），美國天文學者、天文學普及者與科幻小說家。

星之彩

阿克罕西邊山丘狂野聳立，山谷裡生著未經砍伐的茂密樹林。那裡有幽暗狹長的峽谷，谷中樹木異常歪斜，照不到一丁點日光的小河涓滴流動。較緩和的斜坡上有著石塊遍布的老舊農場，裡頭長滿苔蘚的低矮農舍，在巨大岩壁架的背風面，日復一日地沉思新英格蘭的古老祕密；但這些屋子如今全空了，粗大的煙囪崩塌，覆著木瓦的房側岌岌可危地在低矮的兩折式屋頂下膨脹凸起。

老住民都搬走了，而外來客又不喜歡住那。法裔加拿大人試過了、義大利人試過了、那些波蘭人也來了又走。那不是因為什麼看得見、聽得到、摸得著的事物，而是因為某種想像中的東西。這地方不適合發揮想像力，入夜也無法帶來平和夢境。應該就是這東西趕走了那些外來客，畢竟老頭子阿米．皮爾斯可從沒跟他們提起那些離奇日子的記憶。多年來腦袋都有點怪怪的阿米，是唯一還留著的人，或者說唯一還會講起那段離奇日子的人；而他膽敢這麼做，是因為他家實在太靠近阿克罕周遭的空曠原野和旅人常走的路。

曾經有過一條路跨過山丘、穿過山谷，在如今那片枯萎荒原間筆直行進；但人們不再用那條路，建了一條朝南彎曲繞遠的新路。逐漸回歸荒地而長出的野草間，還是可以找到舊路痕跡，就算今後半座山谷都將因新水庫而淹沒，其中有些痕跡也無疑會留存下來。屆時，那片幽暗的樹林將會被砍平，枯萎荒原也會在那映著天光、起著漣漪的藍色水面下止息。那段離奇日子的祕密也將和深處的祕密合而為一；與古老海洋隱藏的傳說、與地球初始的所有謎團合而為一。

當我走入眾山丘溪谷為新水庫勘察環境時，他們跟我說這地方很邪門。他們是在阿克罕跟我說起這件事，而那又是座非常古老而充斥巫術傳說的城鎮，所以我心想，所謂的邪門應該是幾個世紀以來老太婆悄悄講給小孩聽的東西。「枯萎荒原」這名字在我聽來實在怪異又誇張，令我不禁納悶它怎麼會進到一群清教徒的民間傳說裡。等到親眼看過那朝西交雜的陰暗峽谷與斜坡之後，我就不再覺得有什麼好納悶的，剩下還令我不解的，就只有事物背後的古老謎團。我看到那片景色時還是早晨，卻始終陰影四伏。這裡的樹木長得太密集，而且和新英格蘭任一片健康的樹林相比，樹幹都太粗了。林間昏暗的小徑實在過於安靜，濕冷苔蘚和長年腐植鋪成的地表又太柔軟。

開闊地帶只有寥寥幾間坡地農場，多半沿舊道路分布；有些農場的建築都還立著，有些只剩一兩棟，有些只剩單一根煙囪或一塊早早被填滿的地窖。雜草荊棘蔓延，鬼鬼祟祟的野東西在矮樹叢裡沙沙作響。一片令人心神不寧而沉悶的朦朧覆蓋在一切之上；一種怪誕不真實的觸感，就好像眼中所見的透視感和明暗對比有什麼關鍵要素出了錯。難怪那些外來客待不住，因為這不是能成眠的地方。它實在太像薩爾瓦托・羅薩[24]的風景畫；太像恐怖故事書裡那些禁忌的木版畫。

24 十七世紀義大利那不勒斯畫派代表畫家。

但這一切都還沒像枯萎荒原那麼糟。打從我在一片開闊的谷底偶然到達那荒原時，我就明白了這一點；因為沒有別的名字更適合這裡，或者說沒有別的什麼更適合叫這名字。彷彿當初詩人就是看到了這裡才造出這個組詞似的。當我看著它時心想，這一定是火災所致；但為何沒有一丁點新的植物，從這片光天化日下擴展了整整五畝、像酸液在林野間蝕出的一大片灰色荒蕪上長出來呢？這片荒蕪大半坐落在古道北方，但有一小部分侵占路的另一側。我出於一種古怪感覺而不願靠近，最後是因為工作才逼我穿過此地。在那片廣闊的區域內沒有任何植被，只有一種似乎從沒被風吹動的細小灰色沙土或塵埃。靠近那一帶的樹木普遍多病而難以茁壯，而在邊界上許多枯死的樹幹就那麼立著或倒著腐朽。當我快步走過時，我在右手邊看到一座老煙囪和地窖倒塌後剩下的磚石，還有廢井的巨大黑色深淵，裡頭汙濁發臭的水氣擾動著日光，使它呈現出奇妙的色彩。相比之下，連另一頭那片漫長陰暗的樹林坡地都算宜人，因此阿克罕人害怕的低語也不再令我驚愕。附近沒有房屋或廢墟；就算在早前的日子裡，那地方應該也是一樣遙遠孤寂。到了黃昏時分，我不敢再度穿越那片不祥之地，只能從南面那條彎路迂迴繞返鎮上。我茫茫然地希望雲朵聚攏起來，因為一種對頭頂天上深沉虛空的古怪恐懼感，已不知不覺湧入我心中。

晚上，我向阿克罕的老居民問起了枯萎荒原，以及許多人聽了只是咕噥著閃爍其詞的「離奇日子」到底是什麼意思，然而我得不到什麼好答案，只聽說所有的神祕事件都比我本來想像的還要晚近。那根本不是什麼古老傳說，而是講述者有生之年的事。那件事發生在八〇年代，有一家人失蹤或是被殺了。講這些事的人都沒辦法講得確切；因為他們都叫我不要理老頭子阿米．皮爾斯講的那些瘋話，所以我一聽說他獨自住在樹林開始茂密處一間搖搖欲墜的農舍裡，第二天早上便去找他。那是一片令人生畏的古老地帶，已經開始滲出微弱的有毒臭氣，纏繞著那些佇立太久的房屋。我不停敲門才叫醒了這位長者，而當他怯生生曳步來到門前時，我可以看出他見到我並不開心。他沒有我預想的那麼衰弱；但他的雙眼以一種古怪的方式低垂著，凌亂的衣服和白鬍子讓他看起來十分憔悴憂鬱。我不知道要怎麼讓他講起他遇上的怪事，便假裝是來談生意；告訴他我來勘察，並以一些模稜兩可的問題問起這一帶的事。他比我起初的印象還要來得更聰明有教養，而且很快就能像我在阿克罕攀談過的隨便哪個人那樣清楚狀況。他跟我在水庫預定地這一帶見過的其他鄉下人都不一樣。對於那幾哩長的老樹林和農田要被淹沒，他一句抗議也沒有，但如果他家在未來這片湖泊的範圍內，他可能就會出聲了。他表現出來的就只有寬慰；他漫遊了一輩子的這片黑暗古老山谷要消失，令他放下了心中大石。它們最好現在就淹在水底——從離奇日子那時候就全都該淹進水底。他嘶啞的聲音隨著這句開場白而低沉下來，同時他身體前傾，右手食指顫巍巍地、引人注目地指了起來。

我就是在那時聽到這故事；漫無邊際的話語在耳邊不停低聲刮擦，令我即便身在夏日也不停顫抖。我經常得將阿米從漫無邊際中拉回來，拼湊他從那群教授的談話中勉強學舌記住的科學見解，或者修補他故事中邏輯連貫的破碎處。他講完後，我就不再懷疑他的心智是否已些許斷裂，對於阿克罕居民不願多談枯萎荒野一事，我也不再感覺意外。我連忙在日落前趕回旅館，不想要走在戶外時還讓星星出現在頭頂天空上；第二天我便返回波士頓辭職。我再也無法走近那片黯淡混亂的老森林與斜坡，也無法再次面對那片灰色的枯萎荒野，以及荒野上在那倒塌的磚石旁深深裂開的黑色井口。水庫很快就會蓋好，所有上古的祕密將會永遠安置在深水下。但即便到那時，我也不覺得自己會想在晚上造訪那鄉間——至少，不會在那些邪惡的星辰出來時；而且不管別人怎麼利誘脅迫，都沒辦法逼我喝下阿克罕城新供應的用水。

老阿米說，全都是從隕石開始的。出事以前，這裡打從女巫審判以來就不再有鄉野傳奇，即便是那時候，西邊這片樹林也沒有米斯卡托尼克那座小島的一半可怕，當時島上可是有惡魔在一座比印第安人還古老的詭異石造祭壇旁進行審判。在離奇日子到來前，那原本不是會鬧鬼的樹林，裡頭的奇異幽暗也從不恐怖。接著就出現了那道高掛天頂的白雲，還有空中的一連串爆炸，以及從遠方樹林裡的山谷冒出的煙柱。到了晚上，全阿克罕都聽說有塊巨岩撞進了內罕．賈德納家水井旁邊的地上。立在枯萎荒原出現處的，就是那棟房子——座落在那片豐饒花園和果樹園中間、屬於內罕．賈德納的那棟白色漂亮房子。

內罕來鎮上想告訴人們石頭的事，路上順道拜訪了阿米．皮爾斯家。當時阿米四十歲，所有詭異之處他都牢牢記了下來。第二天早上，他和他太太就跟著三位來自米斯卡托尼克大學[25]的教授急忙去探視那來自未知星球空間的奇異訪客，卻不懂內罕昨天怎麼會把它講成那麼大。內罕指著前院老井竿附近那片草焦地裂處上頭的巨大土堆，說它縮小了；但那些聰明人回答他，石頭是不會縮小的。它的高溫持續不退，內罕還聲稱它晚上會隱隱發光。教授們用地質調查槌試了一下，發現它異常地柔軟。事實上，它軟到幾乎有可塑性；所以他們不是用鑿的，而是挖下一塊樣本帶回大學做檢驗。他們從內罕家廚房借了個舊提桶來裝著它走，因為就連分成小塊的石頭都冷不下來。回程途中，他們在阿米家停留休息，而當皮爾斯太太發覺石塊越來越小並燒穿桶底時，他們露出若有所思的模樣。的確，那石塊是不大，但也許是當初他們採的樣本就沒有自己以為的那麼大。

第二天——這一切都發生在八二年的六月——教授們抱著興奮之情再度動身。經過阿米家時，他們和他說起那塊樣本發生了什麼怪事，以及它是怎麼在放進玻璃燒杯之後徹底消失。燒杯本身也消失了，而這群聰明人則是談起了這塊怪石對矽元素的親和力。它在那嚴謹有序的實驗室裡展現出難以置信的反應；在木炭上加熱時完全沒起作用、沒有產生任何閉附氣、在硼砂珠裡完全呈陰性反應，且很快就證明它在人們能製造的任何溫度下都完全沒有揮發性，連氫氧焰的高溫都無效。它在鐵砧上顯現極佳的延展性，在黑暗中的光亮則相當明顯。整間大學很快就因為這塊頑強不願冷卻的樣本陷入

25 米斯卡托尼克大學（Miskatonic University）是洛夫克拉夫特筆下知名的虛構大學，在〈瘋狂山脈〉、〈超越時間之影〉與〈敦威治恐怖事件〉等故事中亦有出現。

興奮；而當它在分光鏡上加熱卻展現出不像任何尋常光譜色彩的發亮光帶時，人們便滔滔不絕地談起困惑的科學家遇上未知時的那類慣常話題，像是新元素、怪異光學特性等等。

儘管樣本如此高溫，他們還是以所有適當的試劑在坩堝裡進行檢驗。水沒有用。鹽酸也一樣。就算是硝酸甚至王水，碰上它灼熱又無堅不摧的外殼，也只是冒著嘶嘶聲飛濺開而已。阿米很難想起每件東西，但還是記得幾種我按一般使用順序提及的溶劑。有氨和苛性鈉，乙醇和乙醚，令人作嘔的二硫化碳以及眾多其他藥劑；但儘管樣本重量隨時間流逝而穩定減少，而且似乎也稍微冷卻，溶劑還是沒顯現出侵蝕了該物質而產生的變化。不過毫無疑問地，那是一種金屬。首先，它有磁性；接著，它進入酸性溶液後，似乎隱約出現了隕鐵上會找到的魏德曼花紋[26]。當冷卻已相當明顯時，檢驗便移到玻璃容器內繼續進行；而所有於工作期間由原樣本製成的小碎片，也全都放在一個玻璃燒杯裡。第二天早上，碎片和燒杯都消失無蹤，只剩一個燒黑的點在木架上標記了它們本來的位置。

教授們杵在門邊將這一切都跟阿米說了，而他又再一次跟他們去看那顆來自諸星的信使之石，不過這次他太太沒陪著他。石頭現在確確實實地縮小了，甚至連嚴肅認真的教授們都沒懷疑自己眼前所見。井邊那塊逐漸變小的棕色團塊周圍除了地面凹陷的那個點之

26 又稱湯姆森結構，是在鐵隕石、橄欖隕鐵中發現獨特的長鎳－鐵結晶。

外，都變得一片空空；儘管前一天它直徑足足有七呎，現在卻已經快不到五呎。石頭還是很熱，而那些聽明人開始好奇地研究石頭表面，並用槌子和鑿子再度取下更大的一塊樣本。這次他們挖得很深，而當他們將石塊從母岩撬掉時，他們發現這東西的核心和外層並非同質。

他們發現的，似乎是埋藏在母岩中的一顆彩色大珠子的側面。那種和該隕石奇特光譜中幾條光帶雷同的色彩，幾乎無法描述；它只能藉由比擬的方式才能勉強稱作色彩。它的質地光澤，從輕輕敲擊的感覺而言，可能同時具備易碎性和空洞感。一名教授用槌子猛然一擊，它便在怯生生的啵一聲中破裂了。裡頭沒釋放出什麼，而那東西本身則隨著毀損而消失不留痕跡。它留下了一個直徑大約三时的空洞球形空間，而所有人都認為，隨著包覆其外的岩體逐漸耗散，裡頭應該還可以再找到別的珠子。

這推測落空了；所以，這批探索者鑽洞想找出更多珠子卻徒勞無功之後，便再度帶著新樣本離去——然而，後來證明了新樣本在實驗室裡就跟前面那批一樣難對付。先不論它幾乎有可塑的形質、有熱度、磁性、些微發光性、在強酸下稍稍冷卻、具有未知光譜、在空氣中耗損消失、還會攻擊矽成分並導致互相毀滅等等，它並沒有展現出任一種可供辨認的特色；到了檢驗結束時，大學的科學家們只得承認，他們辨認不出它是什麼。它不是這地球上的東西，而是廣大天外的一小部分；它也就因此獲得了外界的特質，並服從外界的法則。

那晚下起了大雷雨，而當教授們第翌日前去內罕家時，卻遇上了極其掃興的情況。那塊石頭既然有過磁性，那想必也擁有過某些特殊的電能特質；因為據內罕所言，它曾極其不懈地「把閃電招了過來」。這名農夫在一小時內看見閃電六度打在前院犁溝上，雷雨過後，就只剩老井竿邊一個鋸齒狀邊緣的坑，被塌進去的泥土塞滿一半。挖掘後沒發現什麼結果，科學家們證實物體完全消失。行動至此徹底失敗；還能做的就只有回實驗室，再度檢驗那些小心保存在鉛盒內的易消失碎片。那份碎片撐了一週，到頭來也沒能從中發掘出什麼價值。它消失時什麼殘餘物都沒留下，到最後教授們也不再確定自己是否真有親眼看見外面那深不可測巨坑的隱密殘跡，亦或看見那一道從其他宇宙，從別種物質、力量、實體所構成的領域而來的古怪信息。

想當然地，阿克罕的報紙在大學的贊助下大肆報導了這事件，還派了記者去採訪內罕．賈德納一家人。至少有一家波士頓的日報也派了記者過去，而內罕很快就成了某種地方名人。他大約五十歲左右，個子精瘦、性情和藹，和太太及三個兒子住在山谷裡那座宜人的農莊。他和阿米時常互相拜訪，兩人的太太也頻繁來往；而這麼多年來阿米對他一向只有稱讚。他似乎對自己這地方吸引的目光感到有點驕傲，在接下來幾週裡不時談起隕石。那年七八月很熱，而內罕都在他那塊跨越查普曼溪、面積十畝的放牧場上努力割曬乾草；他嘎嘎作響的運貨馬車在兩地間的幽暗小路上來回壓出深凹的車轍。這些勞力活比起往年更令他疲累，令他覺得年紀已開始影響著他的身體。

接著就到了結實收成的時節。梨子和蘋果慢慢成熟，內罕發誓，他的果園從來沒這麼茂盛過。水果長出了驚人的大小和不尋常的色澤，而且量多到得要多訂桶子來裝今後的收成。但隨成熟而來的是極度失望；儘管整批漂亮果子外表看似甜美多汁，卻沒有一顆可以入口。梨子蘋果的美味裡逐漸出現一股隱約的苦澀敗壞，就算小小咬一口也會產生揮不去的噁心。甜瓜和番茄也一樣，內罕難過地看著所有作物付諸流水。他很快就將事情連在一塊，聲稱隕石毒害了土壤，並為了其他作物多半種在路邊那塊高地上而感謝上天。

冬天早早降臨，而且十分寒冷。阿米不像過往那麼常見到內罕，並察覺他開始一臉憂心忡忡。他的家人似乎也越來越沉默寡言；上教堂或出席各種鄉民社交活動的頻率也非常不固定。這種冷漠或憂鬱找不太出什麼原因，儘管他們偶爾會坦承自己的健康狀況變差，也有種微微的不安感。當內罕說起某些雪中的腳印讓他心神不寧時，他的陳述比起任何人都來得堅定。那些都是冬季尋常的紅松鼠、白兔和狐狸的足跡，但這名憂慮的農夫聲稱自己目睹牠們有些不符天性規律之處。他從來沒有明講，卻似乎覺得牠們不像本來應該的那樣，符合松鼠、兔子與狐狸的解剖學特徵與習性。本來阿米只是興趣缺缺地聽著他這番話，直到有天晚上他從克拉克路口駕著輕雪橇經過內罕家。那晚有月亮，一隻兔子跑過道路，而那兔子跳躍的距離比阿米或他的馬能跳的都還要遠。的確，他的馬即便牢牢用韁繩拉住，也幾乎嚇到要脫逃了。那之後阿米就比較看重內罕講的故事，並納悶賈德納家的狗群為什麼每天早上看起來都那樣怕到發抖。牠們已經到了幾乎沒精神吠叫的程度了。

二月時，來自米德丘一帶麥奎格家的小子們出外打土撥鼠，在離賈德納家不遠處獵獲了一隻非常奇特的個體。牠的身體比例以一種無法描述的怪異方式稍稍起了變化，而牠的臉則浮現一種從來沒人在土撥鼠臉上看過的表情。這些小子打從心裡嚇壞了，馬上就把那東西扔了，所以鄉民們只能聽他們口述怪談。不過馬匹靠近內罕家就會驚慌避退倒是成了公認的事情，而讓傳說口耳相傳的所有基礎也就立刻成形。

人們拍胸脯保證內罕家周遭的雪融得比其他地方都來得快，而在三月初，克拉克路口的波特雜貨店興起了一波帶著畏怯的討論。早上史蒂芬·萊斯駕車經過賈德納家時，留意起路對面森林泥地裡冒出的臭菘[27]。從來沒人看過臭菘長成這種大小，還帶著任何字詞都講不出的奇怪顏色。它們的形狀毛骨悚然，而令史蒂芬感覺前所未聞的一股臭氣，則是讓馬匹鼻息噴個不停。那天下午許多人也駕車經過，想看看那反常的生長情況，而之後也都同意，那種植物永遠不該在健康的世界裡生長。人們毫無節制地談著去年秋天的壞果實，而內罕家土地裡有毒的事也在口耳間流傳開來。當然是隕石害的；有些農夫還記得那些大學來的人當初發現那石頭有多怪，便把事情又告訴他們。

於是有天他們前去拜訪內罕；但因為不太把鄉野民間傳奇當回

27 一種生長於海拔一百到三百公尺地帶的寒帶草本植物，因具臭味而為名。

事，他們只能作出很保守的推論。植物確實有些古怪，但所有的臭菘在形狀、氣味和色澤上都多少有點古怪。可能是來自石頭的礦物質跑進了土壤，但很快就會被沖刷掉。至於腳印和受驚的馬匹——當然那只是流星雨這類的異常現象必然會引發的鄉野奇譚。認真的人碰到這種鄉野八卦也沒輒，因為迷信的農民們什麼都講、什麼都信。所以，在那整段離奇日子裡，教授們就只是帶著輕蔑的態度避而遠之。只有其中一個人在一年半後拿了兩小瓶的塵土去警察那邊分析。在他回憶中，那些臭菘的怪異顏色很像隕石碎塊在大學分光鏡下展現的其中一條反常光帶，也很像這顆來自深處的石頭裡鑲嵌的易碎珠子所展現的顏色。這次拿來分析的樣本剛開始也發出同樣的古怪帶狀光譜，只是後來就失去了這種性質。

內罕家附近的樹木過早地抽芽，到了晚上則是邪門地在風中搖擺。內罕的二兒子薩德烏斯——一個十五歲的小夥子——發誓說自己看到它們連沒風時也在搖；但就算是那些亂講八卦的人也不相信這種事。然而，空氣中確實有著不安的氣息。整個賈德納家族養成了一種暗中偷聽的習慣，但不是為了要聽到什麼能在意識下命名的聲音。的確，這種傾聽比較像是一種在失去一半意識時刻出現的產物。很不幸地，這樣的時刻一週一週增加，直到人們都在說「內罕他們全家都不大對勁」。當早發的虎耳草冒出頭時，又生出了另一種奇怪的顏色；不完全像臭菘，但明顯和那有關，而且看見的人也同樣都難以名之。內罕帶了一些花朵去阿克罕拿給《阿克罕報》的編輯看，但那位大人就只拿它寫了篇幽默小專文，文中農人們的陰暗恐懼只被他客氣揶揄了一番。內罕錯就錯在不該將生長過度的巨大黃緣蛺蝶如何隨虎耳草產生行為的事情告訴一個冷漠的都市人。

四月為鄉民帶來了一種瘋狂，導致人人避用行經內罕家的那條路，使它最終遭到廢棄。那是植被害的。果園裡所有果樹都開出怪色花朵，而院子和旁邊牧場滿是石頭的土壤中長出大量異常植物，只有植物學家才能從中聯想到當地原本正常的植物。除了綠色的草葉外，看不到合乎健康常態的顏色；反而處處都是狂亂多彩的變異體，帶著地球上哪裡都見不到的病態主色調。兜狀荷包牡丹成了惡毒威脅的東西，而血根草則是粗野地長出彩色的歪曲形體。阿米和賈德納一家人認為大部分的顏色有種陰魂不散的熟悉感，並認定它們令人想起隕石裡那顆易碎的珠子。內罕將那十畝牧草地和高地全都犁過又播了種，但家附近的就完全沒動。他知道種了也沒用，只希望夏季的異常作物生長可以將土裡所有毒素吸起來。他現在幾乎準備好面對一切，也越來越習慣感覺到自己附近有什麼等著被聽見。當然，鄰人避著他家也令他頗受打擊；但這對他太太打擊更深。兒子們因為每天都會去學校所以比較好；但他們沒辦法不被八卦嚇到。年輕的薩德烏斯特別敏感人，更是為之所苦。

五月昆蟲來了，內罕這兒就成了一場嗡嗡作響四處竄爬的噩夢。大多數蟲子的外觀動作看起來都不尋常，而牠們的夜行性也有違於先前的經驗。賈德納一家晚上開始監視——隨意朝每個方向監視著……但他們也分不出是什麼。而到了此時，他們也都承認樹的事情是薩德烏斯說對了。下一個從窗口目睹這事的是賈德納太太，當時她正看著月光照亮的天空下，一棵楓樹的鼓脹粗枝。那粗枝絕對是動了，而當時沒起風。那一定是樹汁害的。現在所有生長著的東西都越來越詭異。但發覺下一件事的，卻根本不是賈德納一家人。習以為常令他們變得遲鈍，而他們看不到的，卻給一名來自波爾頓、對本地鄉野傳奇一無所知、在某晚駕車經過的膽小風車推銷員看到了。他在阿克罕跟人說的話，在《阿克罕報》上成了一篇短評；包括內罕在內的所有農夫，都是看了文章才第一次知道有這事。那天夜色深沉、車燈昏暗，但谷裡某座（大家讀了記事都看出是內罕的）農場周遭的黑暗卻沒那麼深沉。所有的植物、草葉和花朵都彷彿天生就帶有昏暗但確切的光芒，而在某一瞬間，有一小道分離的磷光似乎在穀倉附近的院子裡偷偷動了一下。

目前為止草地似乎未遭荼毒，而乳牛還自由自在地在房子附近的土地上吃草；但到了五月底，牛乳也開始壞了。內罕將乳牛趕到了高地，之後問題就消失了。過沒多久，用肉眼便能看出草葉起了變化。整片的蔥鬱逐漸轉灰，並出現出十分奇特的易碎質地。現在阿米成了唯一還會造訪該地的人，而他的造訪次數也越來越少。學期結束後，賈德納一家實質上已與世隔絕，有時會叫阿米去鎮上替他們辦事。他們的身心都異常衰敗，而當賈德納太太發瘋的消息悄悄傳開時，也沒什麼人感到驚訝。

事情發生在六月，大約在隕石墜落的一周年後，那可憐的女人尖聲叫喊著，說空中有她無法描述的什麼。在她的胡言亂語中沒有一個具體的名詞，只有動詞和代名詞。有什麼移動著、變形著、飄浮著，而她的耳朵為了不完全是聲音的衝擊而刺痛。有什麼被奪走了——有什麼從她身上抽乾了——有什麼本來沒事的東西現在盯著她不放——不要讓什麼東西碰到她——晚上沒有什麼東西沒在動——牆壁和窗戶都在動。內罕沒把她送去縣裡的精神病院，只讓她在家附近遊蕩，只要不傷到她自己或其他人就好。甚至當她樣子變了的時候，他也是什麼都沒做。但當兒子們怕起她，而她擺出的怪模怪樣幾乎將薩德烏斯嚇到昏倒之後，他就決定把她關進頂樓。到了七月，她已經不再開口並以四肢爬行，而那個月還沒到尾，內罕就開始有一種瘋狂的念頭，覺得她好像在黑暗中微微發光，一如附近那些植物如今一目了然的情況。

馬匹躁腳的事比這還早一點。有什麼在夜裡驚動了牠們，而牠們嘶叫踢馬棚的情況非常嚴重。看起來幾乎沒什麼辦法能讓牠們冷靜下來，而當內罕打開馬棚大門時，牠們便像受驚了的森林鹿那樣奔逃出去。後來花了一週才將四匹都找到，但等發現時牠們看起來已不堪使用也無法駕馭。有什麼東西弄瘋了牠們，為了牠們著想，只能一一槍斃牠們。內罕跟阿米借了一匹馬來割草曬乾，卻發覺牠不肯靠近穀倉那。牠驚恐後退、止步不前，嘶嘶叫著；到頭來他只能把牠拖進院子，然後他們幾個人用自己的力量將沉重的馬車弄到離秣草棚夠近的地方，好方便把草堆上車。同時植物持續變灰變脆。現在甚至連那些色澤怪異無比的花朵也在變灰，而結出的果實更是又灰又小又無味。紫菀和一枝黃花也都灰而扭曲地綻放，前院的玫瑰、百日菊和蜀葵則是模樣褻瀆到令內罕的長子傑納斯直接將它們砍了。那些異常膨脹的昆蟲就是在那時候死的，連那些離巢飛去樹林的蜜蜂也一樣下場。

到了九月，所有的植被都迅速碎成灰粉，內罕擔心果樹會在吸出土壤裡的毒素前就先枯死。如今他太太會發出一陣陣恐怖的尖叫，他和兒子們則持續處於緊張狀態。現在他們都躲著別人，到了開學時小孩也都沒去上學。然而，是阿米在罕見的造訪時率先發現井水不對勁。它有一種不全然是腐臭也不全然是鹹味的惡毒味道，於是阿米建議他的朋友，在土壤回復良好前，先在地勢較高處重新挖一口井來用。然而，內罕忽視了這個警告，因為那時他對令人不悅的怪事已麻木無感。他和兒子們繼續使用汙染的水源，無精打采且機械似地喝著水，一如他們在這段漫無目的的日子裡吃他們粗劣的食物、做他們無用單調的農莊雜工那樣。他們個個帶著一種麻目的厭世感，就彷彿半個人已經踏進另一個世界，行走在一列列無名守衛間，邁向注定而熟悉的毀滅。

薩德烏斯九月去過井邊就發瘋了。他帶了個提桶過去卻空手回來，尖叫著揮舞雙臂，還不時陷入一種空洞的微笑，或悄聲說著「底下動來動去的色彩」。一家兩個人這樣已經很慘了，但內罕倒是很勇於面對。他讓這孩子在外頭晃了一週，等到他開始會絆倒弄傷自己，他就把他關進頂樓，跟他媽媽隔著一條走廊的另一間房裡。他們隔著各自上鎖的門對彼此尖叫的模樣令人十足恐懼，尤其對小梅文來說更是如此；他總想像他們正用不是地球上的恐怖語言交談。梅文心裡的恐怖想像越來越多，自從他以前最要好的玩伴哥哥被關起來，他心神不定的狀況就更加惡化。

幾乎在同時，牲口也開始死去。家禽轉灰後很快就死了，肉切開來又乾又臭。公的肉豬先是長到異常肥胖，然後突然出現沒人能解釋的噁心變化。牠們的肉當然也不行了，而內罕完全無計可施。沒有哪個鄉下獸醫願意去他那邊，而來自阿克罕的獸醫則是擺明了束手無策。豬隻開始發灰變脆，並在死前崩為碎片，眼睛和口鼻還嚴重地變形。這實在是無法解釋，因為牠們從來沒吃過被汙染的植物。接著有什麼東西襲擊了乳牛。牠們身上某些部位、有時甚至全身都會不尋常地乾枯或萎縮，也很常看到駭人的塌陷或碎裂。到了最後階段——總是以死亡作結——牠們會像染疫的肉豬那樣轉灰變脆。這不可能有中毒的問題，因為所有案例都發生在一個封閉起來不受干擾的穀倉裡。不可能有暗中覓食的東西會帶著病毒咬上來，畢竟世上哪有活生生的野獸能穿過實心的障礙？那只可能是天然疾病——然而任何人都猜不到什麼樣的疾病會造成這種慘況。收成季節來臨時，那裡已經沒有動物倖存，因為牲口和家禽全都死光，狗也都跑了。那一共三隻的狗，全都在一夜間消失不見蹤影。那五隻貓一段時間前就離開了，但牠們走時也沒什麼人注意到，因為現在似乎也沒了老鼠，而且只有賈德納太太才會將那些秀氣的貓當寵物養。

十月十九日那天，內罕帶著駭人的消息搖搖晃晃進了阿米家。死亡降臨在頂樓房間裡可憐的薩德烏斯身上，而其到來的方式難以描述。內罕在農場後面用欄杆圍起的家庭墓園挖了個墳，然後將他找到的東西放了進去。不可能有什麼東西從外面進來，因為閂住的小窗和鎖上的門依舊完好；但情況就跟穀倉裡發生的一樣。阿米和太太盡可能安慰這個大受打擊的人，但他們邊安慰也邊發抖。一種全然的恐怖似乎纏上了賈德納一家人和他們觸碰的一切，而那恐怖在家中的體現，就是一股來自無名也不可名狀之處的氣息。阿米百般不情願地陪內罕回家，並儘量讓小梅文那歇斯底里的啜泣平和下來。傑那斯不需要安撫。他近來什麼都沒做，就只是目光茫然並遵從他父親的吩咐；而阿米認為他的命還算比較好。梅文的尖叫聲偶爾會得到頂樓的模糊回應，而內罕面對詢問的眼神，則是回應說，他太太變得相當衰弱。夜晚逼近時，阿米打算脫身；因為當植物開始發出微光，而樹木似有若無地在無風中搖擺時，就連友情也沒辦法讓他留在這。阿米的想像力只到如此，真是十分幸運。即便事物那樣，他的心智也沒改變多少；但如果他能聯想並思考他周遭的所有凶兆，他想必會徹底瘋掉。他在暮光下急忙返家，而那瘋女人與神經質孩童的尖叫聲仍在他耳中懼然作響。

三天後的清早，內罕蹣跚步入阿米家廚房，對著不在家的主人結結巴巴講出又一個絕望的故事，而皮爾斯太太只能帶著極度驚恐聆聽。這次是小梅文。他失蹤了。他深夜帶著一盞燈和提桶出去裝水，然後再也沒回來。他原本就失魂落魄了好幾天，很難知道他在想什麼。他遇到什麼都尖叫。當時院子那邊有傳來一聲發狂的尖叫，但他父親還沒走到門口，那孩子就不見了。他帶的那盞燈沒亮，而孩子也消失無蹤。當時內罕以為燈和提桶也跟著不見了；但到黎明時分，在林野間搜了一晚、正拖著沉重步伐回家的他，卻在井邊發現了非常詭異的東西。那是一塊壓扁且不知怎麼熔化了的鐵塊，顯然曾經是那盞燈；而那兩個熔化一半的、彎掉的提環和旁邊扭曲的鐵箍，似乎可能是提桶的殘骸。就這些了。內罕已經無法再想像，而皮爾斯太太腦中已一片空白，至於回到家聽了這故事的阿米，則是無從猜測。梅文不見了，跟周圍的人講也沒用，因為他們現在都躲著賈德納一家。就算跟阿克罕的城裡人講也一樣沒用，他們什麼事都嘲笑以對。薩德走了，現在梅文也不見了。有什麼東西悄悄而來、漸漸而來，等著被看見、被感受、被聽見。內罕很快也將上路，如果那時他太太和傑納斯還在，他希望阿米能代為照顧。這一切應該都是什麼審判之類的；只是他想不到要審判什麼，因為在他的認知中，自己始終都正正當當走在天主的道路上。

整整兩週阿米都沒見到內罕；他擔心出了什麼事，於是壓下自己的恐懼造訪賈德納家。大煙囪沒在冒煙，這名訪客有那麼一刻擔心最糟的情況已經發生。整座農場的外觀令人震撼——地上都是灰色枯萎的草葉，爬藤垂落在易碎的頹牆殘骸上；碩大光禿的樹木伸出枝爪，以阿米只能覺得是來自樹枝細微偏斜變化的一股惡意，抓向灰色的十一月天空。但內罕終究還是活著。他身體虛弱，躺在低矮廚房的一張躺椅上，但他意識完全清楚且能簡單吩咐傑納斯做點事。房間冷到要命；當阿米明顯在打顫時，這名東道主沙啞地喊著傑納斯要他添柴。這裡的確很需要柴火，因為空蕩蕩的壁爐裡沒柴也沒火，只有煙囪下來的冷風將煤灰吹起一陣煙。不一會兒內罕問他添的柴有沒有讓他舒服一點，阿米便看出發生了什麼事。最堅韌的繩索終究還是斷了，多虧其意志，這不幸的農夫仍能承受悲痛。

儘管阿米很有技巧地詢問，卻還是完全不清楚失蹤的傑納斯到底怎麼了。那位愁容滿面的父親就只說著「在井裡——他住在井裡——」。這時，訪客心裡閃過那位發瘋的太太，便換了個問題問。但可憐的內罕卻語出驚人，「娜比？唉呀，她就在這嘛！」阿米立刻就了解到，他得自己去找找看。他告別長椅上那位無害的胡言亂語者，從門旁的鐵釘取走鑰匙，並爬上咯吱作響的樓梯來到頂樓。上頭又悶又臭，任一邊都聽不到有聲音。眼前的四扇門裡只有一扇鎖著，他便在這門上將一圈鑰匙連試了好幾把。第三把是合的，一陣胡弄後，他猛力把那扇低矮的白門推了開來。

房內相當陰暗，因為窗戶不僅很小，還被粗木條遮去大半光線；阿米在那大片木板鋪設的地板上什麼也看不到。惡臭令人難忍，他得退到另一間房間，讓肺部裝滿可呼吸的空氣再重新前進。進去後，他看到角落有個黑暗的什麼，看得更清楚時，便放聲尖叫起來。當他尖叫時，他以為瞬間有片雲遮住了窗戶，過了一秒後他便彷彿感到有股可恨的蒸氣流擦過了他。怪異的色彩在他眼前舞動；若不是當下一股恐懼令他停止思考，他可能會想到隕石裡那顆被地質調查槌敲碎的珠子，還有在春天發芽茁壯的那些病態植物。但事實上他想著的就只有面前這褻瀆神明的可怕東西，而且它很顯然已和小薩德烏斯及牲口遭遇了同一種難以形容的下場。但這恐怖東西令人懼怕的地方就在於，它在持續粉碎的同時，也正十分緩慢且明顯可見地移動著。

阿米也沒再替這一幕追加細節，但他後來提到這個角落裡的影子時，也沒再提到它會移動。世上有著言語無法提及的東西，而普遍人性所做出的事情也只是偶爾才會被法律所殘酷審判。我自己推測頂樓裡已經沒有會動的東西，而將任何還能移動的東西留在那裡都是一種罪行，這種罪行毛骨悚然到足以讓任何負責任的人都被譴責到一輩子受折磨。除了神經麻木的農夫之外，誰都應該會昏倒或發瘋，但阿米卻神智清醒地走過那扇低矮的門口並將那應受詛咒的祕密鎖進身後。現在要應付的是內罕了；他需要給食照料，並移到能接受照顧的地方去。

開始走下陰暗的階梯時，阿米聽到下頭傳來砰的一聲。他甚至覺得有聽見一聲突然止住的尖叫，並神經兮兮地想起方才上頭那駭人房間裡擦過他的那陣濕冷水氣。他的尖叫和闖入究竟喚起了什麼鬼怪？被某種模糊恐懼停住動作的他，聽見下方更遠處傳來聲音，毫無疑問地是某種沉重拖行的聲音，還有一種黏稠到可憎的聲音，就好像某種不潔的惡魔吸引力。藉由一股驅使他狂熱起來的聯想力，他莫名地想到他在樓上看到的東西。老天爺！他錯入了什麼樣的一個怪誕夢境世界？他不敢倒退也不敢前進，就只是站在原地，在困住他行動的黑色彎曲樓梯間發抖。那景象的每個小細節都烙印在他腦中。那些聲音、那種害怕有什麼要來的感覺、那黑暗、那狹窄階梯的陡峭難行——上天慈悲呀！……眼前木造物上那昏暗但不可能看錯的光芒；階梯、扶手、露出來的條板和樑桁上也全都有！

那時屋外阿米的馬突然爆出一聲抓狂的嘶叫，緊接著一陣噹啷聲，代表牠發狂地逃了。又過了一下子，馬和馬車都已跑到了聽力所及範圍外，把這嚇壞了的人獨自留在漆黑的樓梯上，猜想著是什麼嚇走了它。但還不只如此。外頭又有另一陣聲響。一種液體拍濺聲——水聲——應該是水井。他沒把「英雄」拴住，只讓牠停在那邊，應該是其中一個馬車車輪擦過了遮簷然後撞上了石頭。而屋內那舊到可怕的木工裝潢依舊發著蒼白磷光。天啊！這屋子實在是太古老了！大部分都在一六七〇年以前完工，而那兩折式屋頂則不會晚於一七三〇年。

樓下地板上虛弱的刮擦聲現在聽來一清二楚，阿米則緊握著一根出於某種原因在頂樓撿起的粗重棍子。他一點一滴地激勵自己走下樓，並大膽走向廚房。但他並沒有走到底，因為他要找的東西早不在那了。它來到他面前，而且還勉勉強強活著。他是爬過來的，還是被哪種外在力量拖過來的，阿米也分不出來；但他已經快死了。一切都發生在過去半個小時，但塌陷、轉灰和瓦解的過程早早就開始了。他正極其慘烈地碎裂著，而乾掉的碎片就這麼剝落下來。阿米不敢碰它，但仍害怕地望著那曾經是一張臉的枯萎仿物。「怎麼回事，內罕——怎麼回事？」他悄聲問道，而那腫脹裂開的嘴唇正好能細碎迸出最後的回答。

「沒啥……沒啥……那顏色……在燒……冷又濕的……但又在燒……它住在井裡……我有看到……像煙一樣……就跟去年春天的花一樣……晚上井在亮……薩德跟小梅跟傑納斯……東西全是活的……把什麼的生命都吸了……在那顆石頭裡……絕對從那石頭裡面……害整個地方都中毒了……不知它要幹麼……大學那些人從石頭挖出來的那個圓圓的……他們把它砸了……顏色都一樣……全都一樣，跟花跟草……一定還一堆……種子……種子……它們會長……我這禮拜第一次看到……一定是吸傑納斯長大的……他是個大孩子，氣力很足……它先打倒你的心，然後就逮住你……把你燒起來……就在井水裡……你之前說的對……水很邪門……傑納斯去井邊就沒回來……逃不掉……把你吸過去……你知道有東西來了，但沒有用……傑納斯被抓走之後我就看到好幾次……阿米啊，娜比去哪了……我頭不舒服……不知道離上次餵她過多久……如果不小心的話她也會被它抓去……就是個顏色……有時候晚上她臉開始有那個顏色……它一邊燒一邊吸……它是從什麼都跟這邊不一樣的地方來的……有一個教授這樣講……他說對了……阿米，你小心……它會得寸進尺……把命吸出來……」

但就到此為止了。原本說話的嘴再也說不出話，因為已經完全崩塌了。阿米將一條格子花紋的紅桌巾放在殘骸上，然後繞出後門走進原野。他爬上斜坡來到那十畝大的牧草地，走北邊路和森林跌跌撞撞地回家。他不敢從馬匹跑掉的那個水井邊經過。他有從窗戶看過去，看見井邊沒有一塊石頭是缺的。那麼，那東倒西歪著跑走的馬車就沒撞開任何東西——那麼那濺水聲就應該是別的東西了——那個對可憐的內罕下手後就進了井裡的東西……

阿米到家時，馬和馬車都已經先行抵達，讓他太太焦心了好一陣子。他沒跟她解釋，只要她放心，接著就立刻前往阿克罕並告知官員說，賈德納一家都已經不在了。他沒有拘泥於細節描述，就只告訴他們內罕和娜比死去，且就其所知薩德烏斯已死，還提到原因似乎就和殺死牲口的那種怪病一樣。他也聲明梅文和傑納斯都失蹤了。警察局這邊問了不少問題，到最後阿米被強迫帶領三名警官前往賈德納的農場，隨行的還有驗屍官、醫檢官，以及先前治療過病畜的獸醫。他極其不甘願地同行，因為下午時光逐漸流逝，而他害怕夜晚降臨在那受了詛咒的地方，但有這麼多人陪他，還是稍稍讓他放心一些。

六個人乘著雙排座輕馬車，跟在阿米的輕馬車後面出發，並在四點左右抵達那充斥有害生物的農舍。儘管警官們已習慣各種恐怖場面，但他們看到頂樓裡和樓下紅格子桌布蓋著的東西時，仍紛紛為之動搖。整座農場灰色荒蕪的外觀已經夠可怕，但那兩個粉碎的物體卻超越恐怖的所有極限。沒有人能久視這兩個東西，甚至連醫檢官都承認沒什麼東西好驗。當然，還是可以去分析樣本，所以他開始忙著採樣——而這邊就要替一段非常匪夷所思的後話起頭，發生在最終收下這兩小瓶塵埃的大學實驗室裡。在分光鏡底下，兩個樣本都發出一種未知的光譜，其中許多難以辨識的光帶，正好跟去年那詭異隕石產生的一樣。塵埃放射這種光譜的特性在一個月後消失，其後剩下的塵埃成分主要包含了鹼性的磷酸鹽和碳酸鹽。

如果阿米有料到那群人當下就行動的話，他就不會跟他們講水井的事了。當時已經快日落，他急著想離開。但他實在無法不在環視四周時緊張地瞥一下那石造井欄，而當一名警探詢問時，他只得坦承說內罕曾經害怕底下的什麼——害怕到他想都沒想到要在那下頭找找看梅文或傑納斯。那之後他們當然就立刻將井汲乾並探索內部，所以阿米只能邊發抖邊在那等著，同時他們將一桶又一桶難聞的水拉上來，潑在外面浸飽水的土地上。人們作嘔地聞著那液體，到最後則是捏著鼻子來抵擋他們正要挖出的惡臭。這工程倒沒有像他們擔心的那麼久，因為水位本來就低得不正常。沒有必要把他們找到的東西講得太詳盡。梅文和傑納斯都在那邊，並不完整，然而他們的殘骸多半只剩骨頭。那裡還有狀態類似的一頭小鹿和一隻大狗，還有一些較小型動物的骨骸。底部的滲出物和爛泥不知為何都是孔洞且冒著泡，一個帶長棍徒手爬下去的人發現，他想把那根木棍一路插到多深都行，不會在泥裡遇到任何固體阻礙。

如今暮色已沉，他們便從屋裡拿出了燈。接著，當井底看來已經找不到什麼東西之後，人們便紛紛進了屋內，在老舊的客廳裡商談，同時，從那鬼魅半月斷斷續續落下的光芒正蒼白地照在外頭灰色的荒蕪上。人們擺明了拿這整個案件沒轍，也找不到一個合理尋常的因素，來將植物的古怪狀況、牲口與人類的不明疾病、梅文和傑納斯莫名死在污井裡這三件事連結起來。確實，他們都聽說過鄉間普遍流傳的傳說；但他們無法相信有任何違反自然法則的事情發生。隕石毒害土壤是毫無疑問的，然而人與動物沒吃那片土地長的東西卻生了病卻是另一回事。是井水的問題嗎？很有可能。分析它可能是個好辦法。不過有什麼樣的瘋病可以讓兩個男孩都跳進井裡呢？他們的行為實在太像——而碎片顯示他們都是那樣灰白碎裂而死的。為什麼每樣東西都那麼灰白易碎？

首先察覺井邊光芒的人，是坐在窗戶附近監視著院子的驗屍官。夜色已完全降臨，而所有令人憎惡的土地似乎都微弱發著比斷續月光更強的光亮；但這道新的光芒更為明顯而獨特，而且看起來是從那黑色窪坑裡射上來的，就像來自探照燈的柔光，在地上那些汲出井水淹成的小水坑裡產生模糊的反射。它的顏色十分怪異，當所有人聚集到窗邊時，阿米吃驚到跳了起來。因為這恐怖沼氣的怪異光芒，在他看來並非不熟悉的色澤。他看過那顏色，不敢去想那可能代表什麼。他在兩個夏天前隨那場流星雨降下的噁心易碎珠子上看過那顏色，也在春季那片瘋狂的植被上看過；還有那天早上，在發生那無法形容之事的恐怖頂樓房間裡，他也覺得自己彷彿有那麼一瞬間，隔著被擋住的小窗戶看到了那顏色。它閃動了一刻，同時一股濕冷而討厭的蒸氣流擦過了他——接著可憐的內罕就被有那顏色的東西帶走了。他最後一刻是那麼說的——說珠子和植物那顏色。那之後院子裡的馬匹就逃了、水井裡也傳出濺水聲——而現在那口井正對著夜空噴出一股蒼白有害的光芒，帶著同一種著魔的色澤。

阿米心裡的警覺性，促使他即便在那緊繃的瞬間，仍困惑著一個本來是科學方面的問題點。令他除了驚訝別無他想的是，白天在那扇晨間開啟的窗戶前瞥到一眼的那股水氣，還有在那漆黑而枯萎的地景前看起來像磷光霧氣的那股夜間呼氣，其實留下了相同的點滴印象。那東西不應該存在——那東西違反自然常理——而他想起了那位重傷友人的恐怖遺言：「它是從什麼都跟這邊不一樣的地方來的……有一個教授這樣講……」

三匹拴在路邊一對乾枯小樹間的馬這時一齊嘶叫起來，並抓狂似地刨著地。馬車伕連忙跳起來衝到門邊想去處理，但阿米發抖的手搭上他的肩。「別出去。」他悄聲說。「牠們比我們還清楚。內罕說井裡住著什麼東西會把你的命吸走。他說那一定是從圓球裡生出來的，就像一年前六月我們在掉下來的隕石裡頭看到的那顆。他說過，吸了又燒，而且就只是一團彩色雲，就像現在外面那個光，你看不太到也講不出那是啥。內罕覺得它什麼活的東西都吃，還一直越吃越壯。他說這上禮拜就看過了。那一定是來自遙遠太空的什麼東西，就跟去年大學那些人講那顆隕石是從哪裡來的一樣。它生成這樣、搞成這樣，都沒按上帝造這世界的規矩。它是從別的地方來的。」——

所以當來自井裡的光芒逐漸增強，拴住的馬匹也越來越瘋狂地刨著地嘶叫時，人們猶疑地停下動作。那實在是難受的一刻；受詛咒的古屋本身就夠恐怖了，後面柴房還有四具毛骨悚然的殘骸——屋裡來的兩具、井裡來的兩具，前面還有那一道來自泥濘深處、未知而褻瀆的虹彩。阿米出於一時念頭制止了馬伕，忘了自己在頂樓房間被那彩色水氣濕冷地擦身而過卻毫髮無傷，但他這樣做或許也是對的。永遠不會有人知道這晚在外面的東西是什麼；儘管這來自外界的褻瀆之物目前尚未傷害任何心智未損的人，但也難保它不會在最後一刻下手，而且從它明顯增強的力量和特定的動機徵兆看來，它很快就會在這片半陰月光照著的天空下現身。

突然，窗邊一名警探短促而尖銳地抽了一口氣。其他人望向他，然後立刻順著他的視線，往上看到那突然把四處晃蕩的眼神吸住的焦點。不需要字詞解釋。過往爭執不休的鄉野八卦已無需再爭論，因為這群人日後一致悄聲同意，永遠不得在阿克罕鎮上再談起那段離奇日子。有必要事先說明，晚上那時候沒有風。不久後確實有起一陣，但當下絕對一點也沒有。就連那些還在那兒的鑽果大蒜芥[28]的灰色枯萎乾燥尖端，還有立在那兒的貨馬車頂上的流蘇，全都紋風不動。然而在那樣緊繃、邪惡的靜謐中，所有樹木上高大而光禿的粗枝都在動著。它們病態地斷續抽搐，用抽筋癲癇般的瘋狂撕扯著月光照亮的雲朵；無力地在有毒的空氣中抓著，就好像有無形的線連接著黑暗樹根下某種痛苦扭動掙扎的地下恐懼，從外部猛力拉扯著。

幾秒鐘內所有人都屏住了氣。接著，一塊更深厚的雲通過月前，那些抓扯著的樹枝剪影便短暫地消失了。此時人們紛紛哭喊起來；心裡頭是畏怯，但喊出來卻嘶啞且幾乎同聲一致。因為恐怖並未隨著剪影一起消失，而在更深刻黑暗來臨並令人生畏的剎那間，目擊者都看見了成千上萬帶著昏暗邪惡光彩的小點在樹頂高處蠕動蜿蜒，輕撫著每一根粗枝，就像聖艾爾摩之火[29]或者在五旬節[30]時降臨於使徒頭頂的火焰。那是不自然光線排成的驚悚星座，就像大群的食屍螢火蟲飽餐後在邪門沼澤上跳著地獄的薩拉邦德舞[31]；其顏色就和阿米認得且因此畏懼的那種無名侵入者一樣。那道來自井裡的磷光不斷變亮，帶給這群縮成一團的人一股滅亡與反常感，而且遠遠超越

28 鑽果大蒜芥（Hedge Mustard），十字花科大蒜芥屬下的一個植物種。

29 一種自古以來就常在航海時被海員觀察到的自然現象，經常發生於雷雨中，在如船隻桅杆頂端之類的尖狀物上，產生如火燄般的藍白色閃光。

30 即基督教的聖靈降臨日（亦稱聖神降臨節），在復活節後第五十天和耶穌升天節後十天。

31 巴洛克時期的一種三拍子舞曲。

了他們意識心靈能想到的任何畫面。接著它不再顯而易見，開始傾瀉而出；當那無名色彩的無形光流離開水井時，它似乎直直朝著空中流去。

獸醫顫抖著，走向前門打算再擺一根沉重的門閂。阿米一樣抖著，儘管想要叫大家注意樹木漸漸增強的光亮，卻因為無法好好發出聲音，只能用力地拉住人並指過去。馬群的嘶叫和跺步已經到了徹底驚駭的程度，但老屋裡的整群人沒有一個敢冒險前去做這麼徒勞的事。樹木的光亮一分一秒增加，同時它們不肯止息的枝幹似乎逐漸垂直拉長。井竿的木頭現在也在發亮，沒過多久，一名警察無言地指著西邊石牆附近的一些木棚和蜂巢。它們也開始發光，訪客們拴著的馬車目前倒還不受影響。接著路上響起一陣狂暴的喧鬧和馬蹄聲，當阿米熄了燈好看清楚時，他們發現這幾匹共軛的灰毛瘋馬已經弄斷了樹苗，拉著雙排座輕馬車跑了。

這番震撼倒是鬆開了幾個人的舌頭，令他們難為情地低聲討論起來。「它散布到周圍所有有生命的東西上。」醫檢官小聲說。沒人回話，但曾經進到井底下的一個人稍稍透露說，他那根長竿子應該是攪動了什麼無形的東西。「感覺很糟。」他補上這句。「根本就沒有底。就只有滲出物和泡泡，還有一種什麼東西潛伏在底下的感覺。」阿米的馬還在外面的路上震耳欲聾地刨著地尖叫，幾乎蓋過牠主人含糊說出自己不成形的想法時，那種微弱顫抖的聲音。「它是從那塊石頭來的……它在那底下長大……活的東西它都抓了……它吃牠們活下來，身心一起吃掉……薩德和梅尼、傑納斯和娜比……最後是內罕……他們都喝了水……它靠著他們變強壯……它來自天外，那裡什麼東西都不像我們這邊……現在它要回家了……」

這時候，就在未知色彩的光柱突然猛烈閃耀、並開始交織成在每個目擊者日後的描述中都有不一樣聯想的奇妙形狀後，被拴著的那匹可憐的「英雄」那邊傳來了一種人們從未聽過、也沒再聽過的馬鳴聲。低矮客廳裡的每個人都摀住了耳朵，阿米則帶著恐懼別過窗口並開始作嘔。此時情況無法用文字傳達——當阿米再度向外看去時，那倒楣的動物毫無生氣地縮成一團，倒在馬車碎裂車軸間那塊月光照亮的地面上。在第二天他們將英雄埋了之前，牠最後就是那個樣子。但當下沒有時間哀悼，因為幾乎就在這時，一名警探暗中叫大家注意他們那間房裡的一個可怕狀況。燈沒亮的情況下，很明顯能看到一股微弱磷光開始瀰漫在整棟樓裡。它在大片木板鋪設的地板上和破布毯子的破片上發光，在鑲嵌玻璃的框格上閃爍。它上下游動於裸露的邊柱上，在架子和壁爐台上閃耀，並感染著那些門和家具。它看起來一分一秒地在增強，很顯然地，到最後任何還健在的活物都得要離開屋子才行。

阿米把後門和往上穿過原野通往十畝地的那條小徑指給他們看。他們就像在夢中一樣地跌跌走走，直到人在遠離該處的高地上才敢回頭。他們都很慶幸有這條小徑，因為他們可沒辦法走前面那條靠近井邊的路。雖然說要走過那發光的穀倉和小屋，以及那些輪廓顯得多瘤而猙獰的發亮果樹，其實已經夠糟了；但感謝老天，那些枝幹最惡質的扭曲都發生在高處。當他們穿過橫跨查普曼溪的鄉村小橋時，月亮正經過相當黑的雲朵，讓他們只得從那一路摸索到開闊的草地。

當他們回望山谷和遠方谷底的賈德納家時，他們看到了一幅令人恐懼的景象。整座農場，包括樹木、建物，甚至那些還沒完全變成致命灰色易碎物的野草和牧草，都亮著駭人而未知的混合色彩。所有的大樹幹都直直朝天緊拉，頂端燃著汙濁的火舌，而同一種柔和搖曳、緩慢涓滴的恐怖火焰正在房屋、穀倉和小屋的棟木上爬著。那是弗斯利[32]筆下幻象的一景，而其他地方則是發光無形物在大肆騷亂，就是井底神祕毒物所帶有的那種非此空間的異界虹彩——帶著它來自宇宙而無法確認的色彩，在那翻騰著、觸探著、舐食著、伸展著、閃爍著、緊拉著，還不懷好意地冒著泡沫。

接著在毫無預警下，在所有人都還來不及倒抽口氣或喊出聲之前，那駭人的東西就像火箭或隕石那樣垂直朝上射向空中，在雲中開了一個工整到古怪的圓洞後，就這麼不留一絲軌跡地消失了。看到這一幕的人都無法忘懷，而阿米則是空洞地望著未知色彩溶入銀河之處，也就是天鵝座諸星中最明亮閃爍著的天津四那頭。但他的凝望下一秒就被山谷裡的碎裂聲迅速拉回地面。就真的只有那種聲音。就跟隊伍中其他人日後誓言為真的說法一樣，就只有木頭崩裂般的聲音，沒有一丁點爆炸。然而結果來說都一樣，因為就在那發熱而千變萬化的一瞬間，從那受詛咒注定壞滅的農場內，一股不自

32 約翰．亨利希．弗斯利（Johann Heinrich Füssli, 1741-1825），德國 - 瑞士裔的英國畫家、製圖員及藝術家。

然的火花和物質炸出一陣隱約可見的爆裂巨變；令少數看見的人視線模糊，並將這種應隔絕於我們宇宙之外的大量怪異彩色碎片不斷送向天頂。它們穿過快速重新聚攏的水氣，追隨著已經消失的巨大病態，下一秒鐘它們自身也消失了。留在那後頭和那之下的，就只有人們不敢再回去的黑暗，而那一帶就只剩一股有如從星際空間掃下的、漆黑冰冷風暴般的強襲風。強風以一種發瘋的宇宙狂熱在原野和枯萎的樹林間呼嘯、怒號、鞭笞著，這群發著抖的人很快就了解到，等待月光前來照出內罕家那邊還剩什麼，已經是徒勞之舉。

這七個發著抖的人已經畏怯到什麼理論都提不出來，只能步履艱難地從北邊那條路走回阿克罕。阿米比其他同伴更加害怕，還得求他們不要直接回鎮裡、先陪他進自家廚房。他不想一個人跨越那陷於黑夜、被風鞭笞的樹林回他在主幹道上的家。因為身上的震撼比起大家所共有的還多了一分，他從此就被一股未來許多年連提都不敢提的憂心恐懼所壓倒。當強風吹襲的山丘上的其他目擊者紛紛冷淡麻木地直朝馬路走去時，阿米回頭又朝他那倒楣朋友不久前還住著的荒蕪陰森谷地瞥了一眼。此時，他看見在那飽受創傷的、遙遠的事發處，有某個東西正無力地升起，卻只是落回了先前那巨大無形恐懼射向天空的起始點。那只是一個顏色——但不是我們地球或天空會有的顏色。且因為阿米認得這顏色，也知道這最後微弱的殘餘物一定還潛伏在那口井裡，所以他從此就再也無法維持正常了。

阿米從此不願再接近那一帶。恐怖事件發生至今已半個世紀，但他從沒再涉足該地，而且樂見新建的水庫將那裡抹去。我也會樂見如此，因為我不喜歡日光在我經過的那口廢井邊上變色的樣子。我希望之後那裡的水可以一直蓄得很深——但即便如此，我也不會去喝。我不覺得我以後還會再來阿克罕鄉間。之前跟著阿米去的那群人裡，有三個人又在第二天早上趁白天回去看看那幾間廢屋，但那裡沒有堪稱廢屋的東西。只有煙囪的磚塊、地窖的石塊，東一點西一點的金屬或非金屬的垃圾，以及那一圈汙穢的井口。除了阿米死掉的馬（後來他們把牠拖去埋了）以及那台輕馬車（不久後他們拿去還給了他）之外，曾經活在那的東西全都沒了。只留下面積五畝的古怪灰色沙漠，之後那裡也沒再長出東西來。直至今日，那地方仍蔓延在天空底下，就像酸液在樹林原野間硬蝕出一大塊汙點，而聽過了鄉野奇譚後還敢看那裡一眼的少數人，便將那地方稱為「枯萎荒原」。

鄉野傳說十分古怪。如果那些城裡人和大學的化學家興趣充足，去分析一下那口廢井的水，或者分析一下那種風永遠吹不散的灰色沙塵，那些傳說可能還會變得更怪。植物學家也應該要去研究一下事發地邊緣那些發育不良的植物，因為他們或許可以解釋一下當地人的看法；當地人認為枯萎病正在蔓延——一點一點地，可能一年一吋。人們說，附近牧草的顏色到了春天時看起來不太對勁，野生動物也在冬季的薄雪上留下了古怪的印子。枯萎荒原上的雪似乎從不像別地方那麼厚。引擎時代所剩無幾的馬匹來到寂靜的谷裡就變得怯懦易驚；而獵人的犬隻太靠近那片灰砂污點時就不再靈光了。

他們說，那對精神的影響也非常糟。在內罕被帶走之後的幾年裡，有不少人也變得怪怪的，而他們總是沒有能逃離的力氣。接著，心智比較強健的村民全都離開該地，只有外地人才會試著住進那支離破碎的舊農場。但他們待不住；而他們悄聲說出的大量狂野怪誕魔法會帶給他們什麼樣超乎我們的洞見，有時也會令人好奇。他們聲稱，晚上他們在那片怪誕鄉間所做的夢都十分恐怖；而那黑暗領域的模樣就絕對足以激起病態幻想。從來沒有旅行者經過那些深谷時能擺脫一股奇異感，而藝術家畫起那片不論在心中或眼底都一片神祕的濃密樹林時，更是顫抖不已。我對自己在阿米跟我說他的奇聞之前、一個人在那兒散步時得到的感觸十分好奇。當暮光來臨時，我隱約希望有雲能聚集起來，因為一種對頭頂虛空天際的古怪懼怕，已在我心中油然而生。

別問我的意見，我不知道——就這樣吧。要問也只有阿米能問；

因為阿克罕的人不會談起那段離奇日子，而看過流星雨和裡頭彩色珠子的三名教授全都死了。還有其他的珠子——原因就在於此。一顆應該是吃飽逃走了，很可能還有另一顆來不及。它無疑仍在井底下——我知道我在那瘴氣毒井邊看到的日光有哪裡不對。農民們說枯萎的範圍每年都往外爬一吋，所以可能到現在它都還在成長或攝取著。但不管那裡有什麼惡魔的幼苗，它都一定被拴在什麼東西上面，不然它應該會快速擴散。它是綁在那些抓扯天空的大樹樹根下嗎？最近阿克罕有一個傳說在講晚上會發亮擺動的粗壯橡木，但明明根本不該這樣的。

那究竟是什麼，恐怕只有天知道。單就物質型態而言，我猜阿米描述的那東西可以稱做一種氣體，但這種氣體遵循的不是我們這宇宙的法則。在天文台的望遠鏡和感光板上發亮的行星和恆星，是生不出這種東西的。那種氣息也並非來自我們的天文學家測量過其運作和大小，或者推測後認為太大而無法測量的那片宇宙。那就只是來自天外的色彩——一名令人畏懼的信使，從我們所知自然界以外的無窮無形領域而來；它所來自的那個領域，光是其本身的存在，就能以它在我們瘋狂的雙眼前猛然開啟的宇宙外黑色深淵，來擊昏我們的腦袋、使我們麻木。

我十分懷疑阿米是不是有意跟我說謊，而我也不覺得他的故事都只是鎮民們事先警告的瘋人怪事。有什麼恐怖的東西隨著那隕石來到了山丘和谷地，而某個恐怖的東西——儘管我不知道有多少——仍在那裡。我會很樂意看到水淹進來。同時我希望阿米不要出什麼事。那東西他實在是看過了頭——因此它的影響是如此地暗中加劇。他為什麼始終都沒辦法搬離？內罕死前的遺言他記得有多清楚——「逃不掉……把你吸過去……你知道有東西來了，但沒有用……」阿米這老頭子是個好人——當水庫那幫人開工以後，我會寫信給總工程師要他好好看照著他。我實在不願去想像，他會變成那種越來越執意要煩擾我成眠的，那發灰、扭曲、易碎的恐怖東西。

賞析

在除魅的世界裡創造鬼魅

——翁稷安（暨南國際大學歷史系助理教授）

我們的時代，是一個理性化、理智化、尤其是將世界之迷魅加以袪除的時代；我們這個時代的宿命，便是將一終極而最崇高的價值，已自社會生活隱沒，或者遁入神祕生活的一個超越世界、或者流於個人之間直接關係上的一種博愛。

這是德國知名學者馬克思．韋伯（Max Webber）於一九一七年底，一場名為〈學術作為一種志業〉的演講中，廣為人們引用的片段。

其中提及的「將世界之迷魅加以祛除」，即韋伯在討論現代社會中的重要概念──「除魅」（disenchantment），是他社會學研究的核心之一，相關研究頗多，十分複雜，在此無法細論。這概念深刻地捕捉了從啟蒙運動開始，人們經由理性和理智的擴張，努力抹去傳統巫魔或宗教的世界觀或價值體系，打造了現代化社會的過程。在這篇演講裡，韋伯更敏銳地指出，在這以理性為依歸的現代社會裡，作為在背後維持各種「秩序」運作的「意義」正逐漸瓦解，巫魔或宗教的確定性遭到消滅，但理性所帶來的安全和穩定，也隨時都在崩壞邊緣。

這篇演講之後，不到三年的時間，韋伯於一九二〇年的夏天去世，而他所留下來的洞見，不只在學術上持續影響，也可視為一則對現代社會的預言。

許多研究者都已指出，韋伯對現代社會的觀察和論述，和他一九〇四年的造訪美國，有著緊密的關聯。

那時美國剛剛完成了對「最後邊疆」西部的征服，配合著工業的革新，以經濟之名，科技的觸角進入了美國的每一個角落，從城市到鄉村，各種各樣的「開發」不停地進行著，「工業美國」正式成為世界的強權。再也沒有比這樣的新大陸，更能反映「除魅」的樣貌，另一方面，經濟高速成長所帶來的種種亂象和衝突，也似乎隨時在暗示著資本主義社會所蘊藏的危機。

韋伯去世於一次大戰結束後不久，舊大陸在戰火下元氣大傷，人們對未來不再樂觀。美國則在一九二〇年代經濟持續起飛，亨利・福特（Henry Ford）的汽車帝國、覆蓋全美的無線電、好萊塢的崛起帝國……以消費創造繁榮，歌舞昇平，那是屬於費茲傑羅（S. Fitzgerald）筆下的「爵士時代」。

世界看似變得更加通透明亮，無法容下一絲鬼魅。

然而，現代社會的陰影仍如影隨形，理性的進步帶來了相對的反作用力，以《聖經》為依歸，不惜和科學對立的宗教原教旨主義，在美國各地紛紛成立各自的教派，就是最好的例子，顯示著許多人心底對於理性化發展的焦慮。

一八九〇年出生的H・P・洛夫克拉夫特，他的整個創作人生，正經歷著美國高度成長卻又充滿價值危機的年代。他筆下奇詭和恐怖的劇情，並非為了驚嚇或娛樂讀者，而是要攻擊那以科學為核心的現代社會，成為他作品一貫的主題。他創造出新的鬼魅，想像出新的世界，要對抗這「除魅」世界，揭發那井然有序的科學表象之下，人類智性的限制和盲點。

（關於我們的世界和宇宙）我們了解什麼？我們接收印象的手段不合理地少，而我們對周圍物體的概念又極其狹隘。我們只能以我們組成的構造來看東西，而無法了解其絕對性質。我們用虛弱的五官假裝理解無邊無際的複雜宇宙，然而，其他有著更寬廣、更強大或不同範圍之感官的生命，可能不只眼中所見與我們截然不同，它們甚至有可能看得到在身邊咫尺卻永遠無法被我們的感官偵測到的大

量物質、能量、生命並加以研究。（〈來自天外〉）

類似這樣對科學或理性的警語，充斥著全書，這也是H．P．洛夫克拉夫特之所以能歷久彌新，啟發無數後進的原因。因為他的科幻或奇幻，不像「硬科幻」那樣只是對科技的想像或檢討，而是要徹底推翻「理性化、理智化」精心打造的框架，重回那「除魅」之前世界的樣態。

在那裡也許充滿著恐懼，但也才有著現代人心靈上真正的自由。

附錄一

從當代眺望過往的神祕邊界——譯後對談

閱讀完令人毛骨悚然的六篇故事後，編輯室邀請到神祕嘉賓尼克·艾德里奇，於書末與譯者唐澄暐一同討論HPL——也就是H·P·洛夫克拉夫特的魅力、閱讀過程中的感觸與在近百年後持續認識這名作家及其作品的意義為何。

1. 對兩位來說，洛夫克拉夫特作品的魅力是什麼？

尼克：精雕細琢的異質感、恐懼的心理狀態、背後深淵充滿想像力的留白……那種遠離人類、極大的怪物很吸引我，這是目前我想追求的終極怪物宇宙。包括我在內的大部分台灣讀者，都是從他的改編娛樂作品開始入門的；以前我也喜歡講究娛樂作品的嚴謹設定，但在接觸HPL後，就受到他天馬行空與精雕細琢的文筆描寫、異次元感以及總是廣大無限深淵的風格敘述吸引了。但他的作品有大量的引經據典，以及詳細的地理背景敘述，其實對沒讀過那麼多相關引用作品的讀者來說，是會產生很大閱讀距離的。

澄暐：在《戰慄傳說》之前，實在沒讀多少陰暗恐怖的故事，因為之前都逼自己看嚴肅小說，但老實說還是很想在故事中看到更多怪獸、怪物、離奇的事件，或者古文明遺跡、神祕傳說、未解之謎等……會喜歡HPL多少是因為時間點，一旦把故事放在那個年代，就會產生出一種很迷人的氣氛。正好是一個科學把傳統、古老的神祕感揭開的時候，如果再晚一點，可能就會太科學了。也因為他故事裡的人很渺小吧。我很喜歡在〈克蘇魯的呼喚〉裡，那種相隔閡的人因為巨大的力量而做起同一個惡夢的橋段。那讓人覺得不孤單。那種感覺在我當時看的作品中並不多見，對我來說很新奇，又覺得好像找到了同好。

2. 在這六篇故事中，兩位最有感覺的是哪一篇呢？

澄暐：我想是〈月之沼〉，在篇幅限制內，我最想翻的HPL小說就是這一種：神祕生物構成的古老詭異邪教、人不能隨意碰觸的禁忌地帶、人無法抵擋的恐怖下場……那種整個把人引入陷阱底的大環境，都非常令我嚮往。

尼克：我的話是〈來自天外〉。我看過〈來自天外〉改編電影版，片名是《靈異殺陣》。實際看過原作後，發現電影「魔改」很多，完全成為「肉體恐怖」導向了。這篇與其他幾篇比較不一樣的是，其他故事多半是因為外來因素，或前往某地而遭遇某種威脅；〈來自天外〉則是靠著角色自己發明的共振器去體驗到異次元。那種改變、增強松果腺體，而對整個世界的感觸截然不同的方式，迥異於單純的穿越或陰陽眼……這篇的異次元描寫我也相當喜愛。雖然許多人總是會說HPL常常只用無以名狀形容那些無法描述的事物，但我不太認同。

澄暐：怎麼說？

尼克：〈來自天外〉裡異次元的瘋狂、混沌，我覺得描寫得很貼切。他在描寫方面一直有在改變，前期或許常用虛無飄渺的方式描寫，但後期對怪物的細節——肢體、表面紋路等——還是描寫得很生動。總之，〈來自天外〉裡那種異次元就疊加在我們的世界上，我們貧弱的五感是無法感受體驗到的概念，特別吸引我。

3.〈星之彩〉是洛夫克拉夫特於一九二七年完成的作品，兩位覺得這篇故事在將近一百年後依然值得閱讀的原因為何？

尼克：雖然是近百年前的作品，現在看來還是很超越時代。特別是在目前超級英雄、太空歌劇[33]更加流行的現代。〈星之彩〉特別強調了，外來生命型態不單只是我們認知的多了一些肢體、不同膚色或其他稍微異於地球生物的外星人而已；更何況〈星之彩〉中的「色彩」也是「空間之外」的。HPL把所謂的外星生物轉變、提升為另一種

33 太空歌劇（Space Opera）或譯太空劇場，是一種科幻子類型，通常描述以人類為主體的太空冒險故事；這樣的作品通常充斥著各式各樣的外星人，《星際大戰》、《星際爭霸戰》等作品皆屬此類。

我們更難想像的型態。它就只是一種顏色，這在現代科幻作品中也是少見的。以及，它在故事中所造成的破壞影響描寫，這放到現在的現實來看不是很熟悉嗎？例如放射能汙染？

澄暐：我想到的是精神疾病的部分。曾經聽人形容自己得了精神疾病後，整個人失去動力，覺得一切都變得灰白慘淡、索然無味。所以在讀〈星之彩〉時滿訝異的，故事本身描述恐怖事件之餘，居然可以和人實際描述的痛苦狀態那麼一致，而且依舊非常順暢、一氣呵成；覺得一方面是他本身的寫作技巧在此篇達到頂峰，一方面是他抓住了人實際經歷的痛苦，成功把這種痛苦具象化。雖然說他之前描述各種惡夢驚醒就已經入木三分，但像這樣完全融於故事的又硬是高明了一等。

尼克：這篇確實在描寫生態環境變化的同時，也將人物的精神心理變化，漸進式地描寫得非常詳細。

4. 兩位覺得，我們於當代閱讀洛夫克拉夫特的意義是？

澄暐：我自己是覺得當代閱讀的意義也是在於距離。就像前面說的，因為HPL是在那時代寫的，所以有那時代的味道。現在寫的話，故事中的機械就不會有那種怪誕感。因為我們已經有現在的科技了，所對應的未知恐怖也會不一樣；但就因為是那年代、那樣去摸索科學和已知的邊界，所以才有那種氣氛。已知的邊界不同，未知的恐怖就不一樣。我覺得他就是那年代邊界的展現，那時候的科學可以產生的恐懼感，被他徹底地表達出來了。像我們現在更加理解恆星的構成和實際距離，再加上我們這時代的政治、經濟、社會背景，創造的外星恐懼就會變成另一種樣子。但那年代就是另一個調調，是我們現在很難複製的。

尼克：在閱讀HPL的作品前，或許只是單純喜愛那龐大、不同於其他娛樂作品的世界觀；但真正讀過他的小說後，才會知道那些繁瑣的邪神、怪物背景其實不重要，真正的意義是故事所帶給你的感受。單單的San（理智）值下降根本無法表達出他所描寫塑造的漸進式瘋狂，我覺得HPL有他的開創性與獨特性，這是只注重設定的人感受不到的。若是真的喜歡克蘇魯神話的瘋狂與宇宙恐怖的魅力，請讀HPL的小說。

※尼克・艾德里奇（Nick Eldritch），台灣最大洛夫克拉夫特社群、臉書社團「克蘇魯神話與肉體異變空間」管理員。尼克是台灣研究洛氏相關作品最透徹的人之一，在二〇一五年創辦了上述社團外，也是維基百科「克蘇魯神話」條目中「外神」資料的創建人，更在二〇一七年、二〇一九年前往美國波特蘭參加H・P・洛夫克拉夫特電影節（H.P. Lovecraft Film Festival），成為第一位參與該活動的台灣人。

附錄二

洛夫克拉夫特年表

一八九〇年：

・霍華德・菲利普斯・洛夫克拉夫特於八月二十日出生在美國羅德島州首府普羅維登斯。

一八九二年：

・洛夫克拉夫特兩歲，已能背誦詩歌。

一八九三年：

• 三歲時，洛夫克拉夫特已能識字讀書。

• 從事珠寶銷售的父親旅行銷售途中，在芝加哥一間旅館中精神崩潰，被送回普羅維登斯的巴特勒醫院住院。此後，外公成為了精神上的父親。他鼓勵洛夫克拉夫特大量閱讀，甚至自創各種怪奇故事，講給洛夫克拉夫特聽。

一八九五年：

• 五歲時，在外公的鼓勵下，洛夫克拉夫特熱衷於閱讀《一千零一夜》，啟發他日後創造出阿卜杜·阿爾哈茲萊德——撰寫克蘇魯神話中著名的《死靈之書》的角色。

一八九六年：

・六歲時，洛夫克拉夫特對阿拉伯故事的興趣被希臘神話取代，開始閱讀兒童版本的《伊利亞德》與《奧德賽》。這一年，他罹患夜驚症；此時的經歷也讓他日後創造出幻夢境中的夜魔怪物種族「Night-gaunts」。

一八九七年：

・七歲時，洛夫克拉夫特開始寫作。他留存下來最早的作品是此年十一月創作的〈尤利西斯之詩〉。

一八九八年：

・住院五年後，其父於洛夫克拉夫特八歲時在巴特勒醫院中過世。

・洛夫克拉夫特開始接觸到化學與天文學。

一八九九年：

・洛夫克拉夫特開始自製膠版印刷雜誌《科學公報》，分發在友人之間。

一九〇三年：

・洛夫克拉夫特開始製作《羅德島天文學雜誌》雜誌。

一九〇四年：

・十四歲時，洛夫克拉夫特外公去世；緊接而來的財產事務管理不善，讓一家人陷入財務危機，洛夫克拉夫特與母親被迫搬離久居的豪宅。

一九〇六年：

・洛夫克拉夫特的名字第一次出現在公共印刷品上：他寫了一封信給《普羅維登斯星期天日報》。此後，他開始定期為各種地方報章撰寫天文學專欄。

一九〇八年：

・洛夫克拉夫特在十八歲高中畢業前夕精神崩潰，造成他高中輟學。即便他是當時最為傑出的自學者，但沒有高中文憑讓他無法進入夢想中的布朗大學，讓他倍感恥辱。接下來的五年，洛夫克拉夫特開始隱居生活。

一九一三年：

・閱讀過紙漿雜誌《阿戈西（或譯《大船》）》（The Argosy）中一篇平淡無奇的愛情故事後，洛夫克拉夫特寄了一封大力抨擊該故事的信到雜誌的讀者來信欄，引發了擁護者與洛夫克拉夫特的筆戰。

一九一四年：

・因為筆戰，聯合業餘新聞協會主席注意到了洛夫克拉夫特，邀請他加入協會；同年下半，洛夫克拉夫特成為協會公共批評部主席。接下來的數年，洛夫克拉夫特出版了十三本自製的期刊《保守黨》，也在其他期刊上發表了許多詩歌與文章。

一九一七年：

・業餘作家的職涯讓洛夫克拉夫特重拾對寫作的熱愛。他在友人的鼓舞下，創作出〈墳墓〉（The Tomb）[34]、〈大袞〉（Dagon）[35]等短篇小說。

一九一八年：

・創作出〈北極星〉（Polaris）[36]。

一九一九年：

・創作出〈睡牆之外〉（Beyond the Wall of Sleep）[37]。

・洛夫克拉夫特的母親在此年精神崩潰，入住當年丈夫同樣進入的巴特勒醫院。

一九二〇年：

・創作出〈來自天外〉（From Beyond）[38]、〈奈亞拉托提普〉（Nyarlathotep）[39]。

34 〈墳墓〉於一九二二年正式發表，收錄在三月號的《流浪者》（The Vagrant）雜誌中。

35 〈大袞〉於一九一九年正式發表，收錄在十一月號的《流浪者》中。

36 〈北極星〉於一九二〇年正式發表，收錄在十二月號的《哲學家》（The Philosopher）雜誌中。

37 〈睡牆之外〉於同年正式發表，收錄在十月號的《松果》（Pine Cones）雜誌中。

38 〈來自天外〉於一九三四年正式發表，收錄在六月號的《奇幻迷》（The Fantasy Fan）雜誌中。

39 〈奈亞拉托提普〉於同年正式發表，收錄在十一月號的《聯合業餘者》（The United Amateur）雜誌中。

一九二一年：

・創作出〈無名之城〉（The Nameless City）[40]、〈月之沼〉（The Moon-Bog）[41]、〈異鄉人〉（The Outsider）[42]。

・由於膽囊手術引起的併發症，其母於五月在巴特勒醫院中過世。

・七月，洛夫克拉夫特在波士頓參加業餘新聞大會時，認識了日後的妻子桑妮雅・格林。

一九二二年：

・創作出〈休普諾斯〉（Hypnos）[43]。

一九二三年：

・創作出〈牆中鼠〉（The Rats in the Walls）[44]、〈不可名狀〉（The Unnamable）[45]。

一九二四年：

・洛夫克拉夫特與桑妮雅結婚，前者搬進妻子在紐約布魯克林的公寓中。他開始在紙漿雜誌《詭麗幻譚》上穩定發表作品，成為職業作家。與逃脫術大師哈利・胡迪尼合作創作出〈被法老囚禁〉（Imprisoned with the Pharaohs）[46]。

40 〈無名之城〉於同年正式發表，收錄在十一月號的《狼獾》（The Wolverine）雜誌中。

41 〈月之沼〉於一九二六年正式發表，收錄在六月號的《詭麗幻譚》（Weird Tales）雜誌中。

42 〈異鄉人〉於一九二六年正式發表，收錄在四月號的《詭麗幻譚》中。

43 〈休普諾斯〉於一九二三年正式發表，收錄在五月號的《國家業餘者》（The National Amateur）雜誌中。

44 〈牆中鼠〉於一九二四年正式發表，收錄在三月號的《詭麗幻譚》中。

45 〈不可名狀〉於一九二五年正式發表，收錄在七月號的《詭麗幻譚》中。

46 〈被法老囚禁〉於同年正式發表，收錄在五月號的《詭麗幻譚》中。

一九二五年：

・桑妮雅經營的帽店破產，熬過身體狀況不佳的時期後，為了新工作獨自前往克里夫蘭；洛夫克拉夫特則搬往布魯克林一棟名為「紅鉤」的公寓中。

一九二六年：

・創作出〈克蘇魯的呼喚〉（The Call of Cthulhu）[47]。

・因為大量移民進入紐約，洛夫克拉夫特搬回故鄉普羅維登斯。

一九二七年：

・創作出〈查爾斯・迪克斯特・瓦德事件〉（The Case of Charles Dexter Ward）[48]、〈星之彩〉（The Colour Out of Space）[49]。

一九二八年：

- 創作出〈敦威治恐怖事件〉（The Dunwich Horror）[50]。

一九二九年：

- 洛夫克拉夫特的兩位阿姨堅定拒絕桑妮雅前來普羅維登斯開創事業，導致兩人最終離婚。

47 〈克蘇魯的呼喚〉於一九二八年正式發表，收錄在二月號的《詭麗幻譚》中。

48 〈查爾斯．迪克斯特．瓦德事件〉於一九四一年正式發表，收錄在五月與七月號的《詭麗幻譚》中。

49 〈星之彩〉於同年正式發表，收錄在九月號的《驚奇故事》（Amazing Stories）雜誌中。

50 〈敦威治恐怖事件〉於一九二九年正式發表，收錄在四月號的《詭麗幻譚》中。

一九三〇年：

・創作出〈暗夜呢喃〉（The Whisperer in Darkness）[51]。

一九三一年：

・創作出〈瘋狂山脈〉（At the Mountains of Madness）[52]、〈印斯茅斯疑雲〉（The Shadow over Innsmouth）[53]。

一九三二年：

・創作出〈魔女屋中之夢〉（The Dreams in the Witch House）[54]。

・阿姨莉莉安・D・克拉克（Lillian D. Clark）去世。

一九三三年：

・洛夫克拉夫特與安妮・E・菲利普斯・蓋姆威爾（Annie E.

Phillips Gamwell）阿姨一同搬進新家。在這之後，他創作的故事愈發冗長複雜，難以出售；洛夫克拉夫特開始得靠重寫詩歌、非小說作品，以及擔任幽靈寫手來養活自己。

一九三五年：

・創作出〈超越時間之影〉（The Shadow Out of Time）[55]、〈獵黑行者〉（The Haunter of the Dark）[56]。

51 〈暗夜呢喃〉於一九三一年正式發表，收錄在八月號的《詭麗幻譚》中。

52 〈瘋狂山脈〉於一九三六年正式發表，收錄在二月至四月號的《驚駭故事》（Astounding Stories）雜誌中。

53 《印斯茅斯疑雲》於一九三六年正式出版。

54 〈魔女屋中之夢〉於一九三三年正式發表，收錄在七月號的《詭麗幻譚》中。

55 〈超越時間之影〉於一九三六年正式發表，收錄在六月號的《驚駭故事》中。

56 〈獵黑行者〉於一九三六年正式發表，收錄在十二月號的《詭麗幻譚》中。

一九三七年：

・三月十日，洛夫克拉夫特因腸道癌入院，並於住院五天後去世。

一九三九年：

・洛夫克拉夫特在世時，只出版過《印斯茅斯疑雲》這部個人作品，其餘所有創作都散見於業餘期刊與紙漿雜誌上；但透過長期通信建立的友誼，讓他的作家朋友於此年成立了以出版洛夫克拉夫特作品為初衷的出版社「阿克罕之家」（Arkham House）。他們出版的第一本洛夫克拉夫特合集為《異鄉人與其他故事》（The Outsider and Others）。在他們的努力下，洛夫克拉夫特的作品得以流傳、發行並翻譯成十幾種語言，為世人所知。

※本年表資料參考來源：
https://www.hplovecraft.com/
https://chrisperridas.blogspot.com/

「觸手好噁好恐怖！克蘇魯的呼喚！」

戴上耳機，延伸閱讀！

《閱讀夏LaLa》與你分享克蘇魯知識！

#夏宇童 #陳夏民

#瘋狂山脈 #克蘇魯的呼喚

感謝尼克・艾德里奇
提供諸多協助。

言寺78

星之彩：洛夫克拉夫特天外短篇集

作者　H・P・洛夫克拉夫特
翻譯　唐澄暐
插畫　阿諾
總編輯　陳夏民
責任編輯　馬立軒
封面設計　小子
內頁排版　林峰毅
出版　逗點文創結社
地址　330桃園市中央街11巷4－1號
網站　www.commabooks.com.tw
電話　03－3359366
傳真　03－3359303

總經銷　知己圖書股份有限公司
台北公司　106台北市大安區辛亥路一段30號9樓
電話　02－23672044
傳真　02－22991658
台中公司　台中市407工業區30路1號
電話　04－23595819
傳真　04－23595493
印刷　通南彩色印刷有限公司
ISBN　9789869966153
定價　新台幣300元
初版　二〇二一年七月

國家圖書館出版品預行編目(CIP)資料

星之彩：洛夫特拉夫特天外短篇集／
H.P. 洛夫特拉夫特著；唐澄暐譯. -- 初版. --
桃園市：逗點文創結社, 2021.07
232面；10.5×14.5公分. --（言寺；78）
譯自：The Colour Out of Space : Selected Short Stories of H.P. Lovecraft
ISBN 978-986-99661-5-3（平裝）　874.57　110008249